AF187370

Tucholsky   Wagner   Zola   Scott   Sydow   Freud   Schlegel
Turgenev   Wallace   Fonatne
Twain   Walther von der Vogelweide   Fouqué   Friedrich II. von Preußen
Weber   Freiligrath   Frey
Fechner   Fichte   Weiße Rose   von Fallersleben   Kant   Ernst   Richthofen   Frommel
Hölderlin
Engels   Fielding   Eichendorff   Tacitus   Dumas
Fehrs   Faber   Flaubert   Eliasberg   Ebner Eschenbach
Feuerbach   Maximilian I. von Habsburg   Fock   Eliot   Zweig   Vergil
Ewald
Goethe   Elisabeth von Österreich   London
Mendelssohn   Balzac   Shakespeare   Dostojewski   Ganghofer
Trackl   Lichtenberg   Rathenau   Doyle   Gjellerup
Stevenson   Hambruch
Mommsen   Tolstoi   Lenz   Hanrieder   Droste-Hülshoff
Thoma   von Arnim   Hägele   Hauff   Humboldt
Dach   Verne   Rousseau   Hagen   Hauptmann   Gautier
Karrillon   Reuter   Garschin   Defoe   Hebbel   Baudelaire
Damaschke   Descartes   Hegel   Kussmaul   Herder
Wolfram von Eschenbach   Dickens   Schopenhauer   Rilke   George
Bronner   Darwin   Melville   Grimm   Jerome   Bebel   Proust
Campe   Horváth   Aristoteles   Voltaire   Federer   Herodot
Bismarck   Vigny   Barlach   Heine
Gengenbach
Storm   Casanova   Tersteegen   Gilm   Grillparzer   Georgy
Chamberlain   Lessing   Langbein   Gryphius
Brentano   Lafontaine
Strachwitz   Claudius   Schiller   Schilling   Kralik   Iffland   Sokrates
Katharina II. von Rußland   Bellamy   Gerstäcker   Raabe   Gibbon   Tschechow
Löns   Hesse   Hoffmann   Gogol   Wilde   Gleim   Vulpius
Luther   Heym   Hofmannsthal   Klee   Hölty   Morgenstern   Goedicke
Roth   Heyse   Klopstock   Puschkin   Homer   Kleist
Luxemburg   La Roche   Horaz   Mörike   Musil
Machiavelli   Kierkegaard   Kraft   Kraus
Navarra   Aurel   Musset   Lamprecht   Kind   Kirchhoff   Hugo   Moltke
Nestroy   Marie de France   Laotse   Ipsen   Liebknecht
Nietzsche   Nansen   Ringelnatz
Marx   Lassalle   Gorki   Klett   Leibniz
von Ossietzky   May   vom Stein   Lawrence   Irving
Petalozzi   Knigge
Platon   Pückler   Michelangelo   Kafka
Sachs   Poe   Liebermann   Kock   Korolenko
de Sade   Praetorius   Mistral   Zetkin

Der Verlag tredition aus Hamburg veröffentlicht in der Reihe **TREDITION CLASSICS** Werke aus mehr als zwei Jahrtausenden. Diese waren zu einem Großteil vergriffen oder nur noch antiquarisch erhältlich.

Symbolfigur für **TREDITION CLASSICS** ist Johannes Gutenberg (1400 — 1468), der Erfinder des Buchdrucks mit Metalllettern und der Druckerpresse.

Mit der Buchreihe **TREDITION CLASSICS** verfolgt tredition das Ziel, tausende Klassiker der Weltliteratur verschiedener Sprachen wieder als gedruckte Bücher aufzulegen – und das weltweit!

Die Buchreihe dient zur Bewahrung der Literatur und Förderung der Kultur. Sie trägt so dazu bei, dass viele tausend Werke nicht in Vergessenheit geraten.

Muckenich's Reden und Thaten

Julius Stettenheim

Impressum

Autor: Julius Stettenheim
Umschlagkonzept: toepferschumann, Berlin

Verlag: tredition GmbH, Hamburg
ISBN: 978-3-8424-9366-7
Printed in Germany

Text der Originalausgabe

Muckenich's
Reden und Thaten.

von

Julius Stettenheim.

Berlin und **Leipzig**
Verlag von Wilhelm Friedrich
K. Hofbuchhandlung.
1885.

Keinem,

der niemals einen Rausch gehabt,

gewidmet

von

Muckenich.

Carnevalsfest-Bericht.

Ick bin im Jrunde keen Verjnügling, denn ick bin über die Jahre 'raus, wo man nich jenug Walzer kriejen kann. Aber dann und wann bin ick denn doch nich so, un denn halten mir keene zehn Pferde. Nämlich im Carneval, wenn dieser Prinz den höchsten Jrad erreicht hat, denn tanze ick jerne mal in den Tag hinein. Ick war also janz froh, wie ick jestern meinen ollen Freund Starkow treffe, der zu mir sagt: Muckenich, komme heute uf det Carnevalsfest in unser Stammlokal, nämlich in die lustige Beule, Du wirst Dir wie'n Schneekönig amüsiren, so wahr ick Maßmann heeße. Schön, sage ick, lieber Schnake, ick weeß zwar nich, wie sich Schneekönige amüsiren, aber wenn Du meenst, denn komme ick. Un so jing Schlaberg weg un sagt noch: Du wirst anjerissen kommen, Mucken-ich, denn wird's aber faul. Deine Frau lasse zu Hause, et sind Da-men in Menge vorhanden, un Maske brauchst Du ooch nich. Et is zwar ne Maskerade, aber wer so was an hat, der hat Unanjenehmes zu erwarten, indem det Jehaue leicht in Thätlichkeiten ausartet, was persönlich verletzt. Un so trennten wir uns, nämlich Malkow un ick.

Jejen Abend werfe ick mir also in Ballcostüm, det heeßt: ick bürste meine olle jelbe Weste, kloppe meinen Hut aus, hole meinen Lei-brock vom Boden, lasse meine Frau zu Hause und jehe in die lustige Beule. Wie ick ankomme, dreht das Orchester schon den neuen Walzer aus Nanon, und et wird schon scharf jetanzt. Der Saal sah feenhaft aus und war theils mit Bogenpetroleum, theils mit Jlühste-arin erleuchtet. Von Damentoilette verstehe ick nischt, dajejen hat-ten die Männer meist schon ihre Röcke in der Jarderobe abjejeben, so daß man nich sehen konnte, ob sie keenen Frack oder keenen Jehrock anhatten. Unser oller un jernjesehener Freund Mummicke trug 'n einfaches Jlas Punsch, während sein Mund mit 'ner jlänzen-den Sechsercijarre jeziert war. Appel war wie jewöhnlich der Lieb-ling der Damen, joß ihnen Bier uf die Kleider und klatschte ihnen dann Beifall uf'n Nacken zu. Er hatte das einfache Costüm seines ältesten Bruders anjelegt, weshalb er ooch wie'n Tafeldecker aussah.

Wie ick nu so durch den Salon schlendere, sehe ick Starkow unter irjend einem Tisch liejen. Ick sage also zu ihm: Du hast jesagt, ick werde anjerissen kommen, Du bist ooch so'n Mahdi, denn ick bin so nüchtern wie möglich, während Du Dir schon 'nen jehörigen Urmenschen anjedrunken hast. Wie kannst Du mir Mahdi nennen! sagt er. Wenn ick unter'n Tisch rauskomme, denn wirst Du was erleben. Et folgte nu ne etwas peinliche Scene, indem sechs Mann über Eenen herfielen, während ick dieser Eene war. Dabei schrien sie, was mir infiele, wie ick den Ball stören un Starkow Mahdi nennen könnte. Kerl, sage ick zu Malkow, det nennst Du, ick werde mir wie'n Schneekönig amüsiren? Ja, sagten die sechs Mann hoch, so amüsirt sich 'n Schneekönig! un ehe ick noch uf de Straße war, flog ick aus det Lokal raus. Nu jing ick natürlich wieder rin und erklärte ihnen, wat denn eejentlich Mahdi bedeutet. Mahdi, sagte ick, is der falsche Prophet in Ejipten. Det hatten sie nich gewußt. Warum ick det nich jleich jesagt hätte. So nahmen sie mir die janze Jeschichte nich weiter übel, un der Ball nahm seinen Fortjang.

Jejen Mitternacht trat 'ne Pause ein, weil die meisten Damen in die Küche jejangen waren un Bleiwasser uflegten. Die Herren hatten nämlich die leidige Jewohnheit, in Stiefeln zu tanzen, was nich jeder Damenfuß vertragen kann. Nu konnte ick die Jesellschaft in Ruhe mustern. Et war wirklich keene Maske erschienen. Bloß Herr Oelkopp jing mit 'nem Strick in der Hand herum un sagte, er wäre als Richter von Zalamea jekommen. Det jefiel sehr, denn dann un wann legte er einem Balljast den Strick um den Hals un zog zu, was denn alljemeine Heiterkeit hervorrief. Hier un da kriegte der Richter von Zalamea ooch meist 'ne Ohrfeige, wodurch denn det Jelächter den sojenannten Höhepunkt erreichte. Un nu erfuhr ick denn endlich, daß det Fest »*Der Ball der Schneekönige*« hieß, bloß wußte Keener, was denn eejentlich 'n Schneekönig is. Mir konnte man dodtschlagen, ick wußte et nich.

Um zwee Uhr bejann der Ball wieder, nachdem der Schutzmann Ruhe jestiftet hatte. Ick habe nämlich verjessen zu berichten, det eine furchtbare Differenz ausjebrochen war, indem der Richter von Zalamea doch endlich zu komisch wurde un nach der Charité befördert werden mußte. Im Uebrigen verlief det schöne Carnevalsfest unjestört, un erst in der vierten Morjenstunde bejaben sich die letzten Jäste nach der benachbarten Sanitätswache, um sich den ersten Verband anlejen zu lassen.

Meine Herren, die Schneekönige sollen leben!

Im Sedan-Panorama

Muckenich (das Podium betretend). Det is ja 'ne blendende Dunkelheit da unten. Wenn ick als Hauswirth uf meine Treppen so jar keen Jas anstecke, wie hier keens anjestochen is, denn kommt der Schutzmann. So 'ne Finsterniß is ja selbst die ältesten Ejipter nich erinnerlich!

Diener. Das darf wegen des Effekts nicht anders sein. Die Helle hier oben soll eben überraschend wirken.

Muckenich. Nich übel. Wenn mir noch mal 'n Miether kommt un sagt, et brennten nich jenug Jas- oder Petroljum-Arme uf die Treppen, denn sage ick: »Det darf wejen des Effekts nich anders sind. Sie müssen sich stoßen, denn die Helle oben in ihre Wohnung soll eben überraschend wirken.« Die Jrobheit, die ick denn krieje!

Diener. Wünschen Sie ein Glas?

Muckenich. Was haben Sie denn zu trinken?

Diener. Ich meine: Ob Sie einen Gucker wünschen?

Muckenich. Is denn Sedan als Oper oder Ballet ufjefaßt? (Er betritt das sich drehende Podium.) Nanu? Ick habe ja man erst beinah sechs Seidel jetrunken, un et jeht Allens mit mir rum. Oder is et der bekannte Siejesrausch?

Zuschauer. Machen Sie keine schlechten Witze.

Muckenich. Fällt mir ooch jar nich ein, un ick bitte Ihnen, mir mit Ihrem kalten Wasserstrahl vom Leibe zu bleiben. Ick sage Ihnen, det ick nich feststehe, un dabei bleibt es.

Zuschauer. Nun ja, das ist das Podium, welches sich im Kreise dreht.

Muckenich (singt).
Was dreht sich da im Kreis herum?
Ich glaub', es ist das Podium.

Stimmen (von allen Seiten). Ruhe!

Muckenich. Nich übel. In der Schlacht bei Sedan darf keen
Jeräusch jemacht werden, die Kanonen können sonst ihr eije-
nes Bombardement nich hören. Hier muß Jeder für sein Entree 'n Moltke sind un den Leuten die Ohren vollschweigen.
(Die »Wacht am Rhein« ertönt.) Fest steht und treu – ick steh'
aber jar nich fest un treu.

Ein Herr. So seien Sie doch endlich still. Sehen Sie sich doch lieber
das Panorama an.

Muckenich. Wundervoll, jroßartig, Bravo, Wernerschagin! So was
hat Berlin noch nich jesehen. Un wie ähnlich! Die Maler haben noch besser jetroffen als die französischen Schützen.

Herr Brummkopf. Sie sind wohl mit mang gewesen?

Muckenich. Na natürlich. Sehen Sie da den schönen Jäger, der uf
die Schassörs anlegt? Det bin ick. Muckenich, rief mir der
Hauptmann zu, Sie tragen Ihr jutes Theil zum Jelingen des
Janzen bei. Mit Verjnügen, Herr Hauptmann, sagte ick, un
schoß weiter.

Frau Brummkopf. Bekamen Sie das Kreuz?

Muckenich. Ick war schon verheirathet. (Herr und Frau Brummkopf entfernen sich schmollend, Andere treten in die Lücke.
Muckenich spricht weiter:) Richtig, da is ooch die Maas, die
wir den Franzosen jenommen haben, un nu wundert sich
Pindter, det sie maaßlos sind. Ein komischer Herr! Da hinten
is ooch det Weberhäuschen, wo Napoleon mit Bismarck zu-
sammentraf un wo er an seine Jemahlin uf Französisch
schrieb, sie solle man ruhig sind, es könne noch Allens wieder ins alte Jeleise kommen. Det war nu allerdings det alte
Jeleise der Eisenbahn nach Wilhelmshöhe. Er dachte sich,
Bismarck würde zu ihm sagen: »Majestät, wenn ick Ihnen einen Rath jeben darf, denn machen Sie, det Sie wieder nach
Paris kommen.« Nee, is det Weberhäuschen ähnlich!

Ein Zuschauer. Haben Sie Sedan mitgemacht?

Muckenich. Na natürlich. Sehen Sie da den schönen Infanteristen
in dem Quarré vorne? Det bin ick.

Der Zuschauer (durch sein Glas hinblickend). Ich glaube, Sie zu erkennen. Die französische Cavallerie stürmt mächtig an, aber Sie laden mit stoischer Ruhe.

Muckenich. Det is in der Schlacht die Hauptsache. Wer da nich ruhig is, stört blos.

Ein Reporter. Ich höre eben, daß Sie Combattant waren, das ist sehr interessant, da können Sie mir dieses und jenes erklären.

Muckenich. Na natürlich. Sehen Sie da den schönen Soldaten, der einem verwundeten Franzosen was zu drinken jiebt? Det bin ick. Er verstand keen deutsch un ick verstand keen französisch, aber wir verständigten uns durch die Pulle, un so jab ein Jilka den andern.

Der Reporter. Finden Sie das Panorama naturgetreu?

Muckenich. Jroßartig, wie aus'm Jesicht jeschnitten, aber blos eens is nich richtig, det is sojar'n jroßer Fehler, den ick Werner jar nich zujetraut habe.

Der Reporter. Bitte, erklären Sie sich deutlicher. Das Publikum will vor Allem die Fehler kennen lernen.

Muckenich. Na natürlich. Also. Sehen Sie, die Landschaft un die Ortschaften un der eiserne Ring, den die Franzosen durchbrechen wollen, un die Armeecorps un der Pulverdampf, det is Allens sprechend ähnlich. Det ist die Schlacht bei Sedan, wie sie im Buch steht, nämlich in dem Jeneralstabswerk, das Sie ja nich jelesen haben. Ick ooch nich. Jlooben Sie mir aber: eens is jrundfalsch, nämlich die Restauration unten, die is bei det echte Sedan nich jewesen. Det jab es nich.

Der Reporter. Mahlzeit! (Geht fort.)

Muckenich. Bitte, et is jern jeschehen. (Er redet einen Herrn an.) Können Sie mir sagen, wie spät es is?

Der Angeredete. Es ist gegen 2 Uhr Mittags. Unter dem Kommando des General Gallifet stürmen die Regimenter Chasseurs d'Afrique, Kürassiere – –

Muckenich. Det weeß ick.

Der Herr. So? Haben Sie Sedan mitgemacht?

Muckenich. Da verwechseln Sie mir mit die Maler *Bracht, Schirm, Koch* un *Röchling*. Ick wollte blos wissen, was die Glocke is. Aber lassen Sie man, denn wenn es ooch früher oder später wäre, ick würde doch Durst haben, denn wenn man sich so lange uf eenen Fleck rumdreht, davon kriegt man Durst. (Noch einen Blick auf das Rundgemälde werfend.) Wenn ick was zu sagen hätte, denn müßte det Panorama in Paris stehn und nich hier am Alexanderplatz. Wenn die Franzosen det Bild blos täglich eenmal sehen, denn brauchten sie jar keenen kalten Wasserstrahl. Na, juten Morjen!

Im neuen Panorama.

»Die Vertheidigung von Paris« und »Die besiegte Commune«.

Muckenich (tappt sich zum Diorama »Die besiegte Commune«
durch.) Es is doch schändlich, det die Panoräme nich ohne
Finsterniß existiren können! Dunkelheit is, bei Lichte besehen, halsbrechend un man kann leider sein Jenick nich in der
Jarderobe abjeben. (Er rennt gegen die Wand.) Det schadet
nich, die Sanitätswache is ja janz in der Nähe, aber ick finde
es doch nich in Ordnung, det hier nich'n Nachtwächter steht,
der den Wanderer im Dunkeln zurechtzeigt. Ick habe jehört,
det Diorama stellt det brennende Paris vor, un da habe ick
mir allerdings die Umjejend etwas heller vorjestellt. (Er tappt
weiter und steht plötzlich vor dem Diorama.) Ah, det is jroßartig! Da brennt Paris, un im Vorderjrunde is der Kirchhof.
Sehr ähnlich!

Zuschauer. Sie haben es wohl mit angesehen?

Muckenich. Na natürlich. Man kann mir allerdings auf dem Bild
nich sehen, ick lag vor Paris un ließ mir die brennenden Tille-
rien in den Hals scheinen.

Zuschauer. Es war doch ein Vandalismus sonder Gleichen. Wenn
Paris von den Feinden angesteckt worden wäre, das hätte
man sich doch durch den Krieg erklären können, aber daß
die Franzosen selbst so gegen ihre Hauptstadt wütheten,
das –

Muckenich. Nanu? Sie wissen wol nich, det Bismarck jesagt hat,
die jroßen Städte müßten zerstört werden? Ick muß Sie sehr
bitten, nich zu denken, det Bismarck was sagt, was nich janz
in Ordnung is.

Zuschauer. Bismarcks Wort war jedenfalls anders gemeint. Ich
bleibe dabei, die Einäscherung von Paris war ein Vandalismus. Bei uns wäre dergleichen unmöglich.

Muckenich. Kennen Sie *Bachem* nich?

Zuschauer. Nein.

Muckenich. Schade, ick ooch nich. Aber Sie haben doch jelesen, wie der uf Berlin schimpfte un die Andern alle instimmten. Denn so was *steckt an*. Da lobe ick mir die Pariser. Wasserkopp hat noch keen Franzose zu Paris jesagt, un noch hat Keener darüber gejammert, det Paris zu ville schöne Jebäude un Museen hat.

Zuschauer. Da haben sie allerdings Recht. Anstatt nach deutscher Sitte ihre Hauptstadt zu schmähen und verkleinert zu wünschen, lieben, verehren und vertheidigen die Franzosen sie.

Muckenich. Vertheidigt wird 'ne Treppe höher. (Er steigt hinauf und tritt vor das Rundgemälde.)

Herr Brummkopf (zu seiner Gattin, indem er aus der »Beschreibung« abliest). Der Zuschauer befindet sich auf dem Belvedere eines Hauses zu Montretout.

Frau Brummkopf (zu ihrer Tochter). Louise, Du mußt Dir nun denken, daß wir auf dem Belvedere eines Hauses zu Montretout stehen.

Fräulein Brummkopf. Das ist ja sehr interessant. Was ist denn ein Belvedere?

Frau Brummkopf. Belvedere? Zu Hause habe ich's gewußt. Ich will Papa fragen, der weiß Alles. (Zu Herrn Brummkopf.) Was bedeutet das, ein Belvedere?

Herr Brummkopf. Später werde ick es Dir sagen. Jetzt fällt es mir nich ein, denn et is'n französisches Wort, un hier habe ick 'ne Schlacht vor mir, die 24 Stunden nach der Errichtung des Deutschen Kaiserreichs stattgefunden hat. Man wird bloß nich recht klug draus. Wo sind denn hier die Deutschen?

Muckenich. Die sind hinter un in die Häuser, wo sie 'rausfeuern.

Herr Brummkopf. Waren Sie mit dabei?

Muckenich. Na natürlich, ick ließ niemals im Leben was anbrennen, besonders Paris nich, un da jing ick denn mit. Sehen Sie da links den Flintenschuß? Et is man 'n Bisken blauer Dampf, det is meiner.

Ein Zuschauer. Sie lagen mit vor Paris, wie ich höre. Da könnten Sie mich über Mancherlei aufklären. Wo ist denn zum Beispiel der Mont Valérien?

Muckenich. Der ist zum Beispiel da. (Zeigt auf irgend eine Stelle.)

Zuschauer. Da ist ja gar keine Erhöhung.

Muckenich. Wenn Sie't besser wissen – Ick war aber dabei.

Zuschauer. Wo standen Sie denn?

Muckenich. Ick stand jar nich, ick lag. Sehen Sie da det Fenster, wo ein Schuß rausfällt? Da lag ick uf'n Tisch un feuerte uf Paris zu.

Zuschauer. Und wo steht das Schloß von St. Cloud?

Muckenich. Da! (Er zeigt wieder auf eine beliebige Stelle.)

Zuschauer (mit dem Fernrohr hinschauend). Das ist der Arc de Triomphe.

Muckenich. Also bejnügen Sie sich damit, der is doch ooch'n Bauwerk, wie man't nich alle Dage zu sehen kriegt.

Zuschauer. Ich hätte aber gerne die Riesenkanone auf dem Mont Valérien gesehen.

Muckenich. Det können Sie sehr leicht jenießen. Da jehen Sie die Linden lang, links, Kastanienwald, da steht sie bei's Zeughaus.

Ein Herr. Das ist ein schlechter Witz. Der Mont Valérien ist dort (er zeigt auf eine andere Stelle des Bildes), man sieht deutlich die oben stehenden Kasernen.

Muckenich. Waren Sie denn dabei?

Der Herr. Ich hatte die Ehre.

Muckenich. Na, det is was anders. Mit Jemand, der dabei war, kann ick mir nich unterhalten.

Der Herr. Weil Sie zu der Zeit in Berlin waren.

Muckenich. Stimmt. Aber hier in's Panorama jenirt man sich zu sehr, nich dabei jewesen zu sind, un da lügt man lieber vor Paris. Jesegnete Mahlzeit, meine Herren, un wenn Sie künftig wieder hier sind, denn fragen Sie bloß Eenen, der's eiserne Kreuz hat, oder fragen Sie 'ne Dame. Det is noch besser, da jehen sie janz sicher, daß Sie nich reinfallen. (Er entfernt sich.)

Maßregeln gegen die Cholera.

Muckenich ist gegen Morgen nach Hause gekommen und schleicht in sein Schlafzimmer. Frau Muckenich ist erwacht.

Guten Abend, sagst Du? Was bezweckst Du mit dieser unerhörten Unterschlagung? Ich glaube, Du willst mir einreden, es sei heute erst noch gestern und nicht schon morgen.

Ich soll nicht reden, damit ich nicht trinken muß, denn die Feuchtigkeit sei gefährlich? Aber ich darf nicht schweigen. Wenn ich das Unglück habe, einen Gatten zu besitzen, der wie ein beliebter Roman in der Leihbibliothek nie zu Hause ist –

Beliebter Roman ist gut, und Du freust Dich, – selbstverständlich im Dativ – *daß Du eine so aufgeweckte Frau hast?* Zwiefach aufgeweckt, willst Du wohl sagen, denn ich lag im sanften Morgenschlaf, als ich die Treppenstufen unter Deinen schwankenden Schritten dröhnen hörte. Ich wachte auf und hatte in der Hand ein thränenfeuchtes Tuch.

Um Gotteswillen kein feuchtes Tuch? Was willst Du damit sagen? Du erschreckst mich, Du hörst wohl nicht, was Du sprichst, Deine Zunge geht mit Dir durch. Was soll denn das heißen, daß die Feuchtigkeit so gefährlich ist?

Koch sagt, Trockenheit vernichtet den Kommabacillus der Cholera, und man müsse sich vor Feuchtigkeit in Acht nehmen? Da hättest Du doch vor allen Dingen zu Hause bleiben und nicht wieder alle Berliner Weinstuben durchmachen sollen. Es ist ja gerade, als löstest Du Dir Abends ein Rundreisebillet und führest nun die ganze Nacht von einer Rothweinstation zur andern.

Koch sagt? Was sagt denn Koch? Er kann unmöglich vorschreiben, daß ein Mann seine Frau allein zu lassen und sich mit Rothwein vollzufüllen hat. Das kann kein Choleraprophylacticum sein.

Doch, doch, sagst Du? Koch will Isolirung? Das ist ja eine empörende Auslegung. Wenn Koch dafür war, daß die Franzosen ihr Nationalfest vertagen sollten, um eine Ansammlung großer Menschenmassen und das Einschleppen des Choleragiftes aus den Provinzstädten zu verhindern, so mag das vernünftig sein, aber die Ehe ist ja doch keine Anhäufung von Menschenmassen, und wenn Du mal einen Abend zu Hause bleibst, so schleppst Du damit doch nicht den Choleraheerd aus der Provinz in Deinen Familienkreis. Oder verlangt Koch, daß Deine Frau eine ewige Strohwittwe sein soll? Und wenn Du die Nächte beim Rothwein zubringst und Skat dazu spielst, das nennst Du doch am Ende nicht Isolirung.

Du trinkst keinen Rothwein? Du könntest mir mit demselben Recht erzählen, das Du nicht athmest. Du trinkst wohl Wasser?

Um keinen Preis Wasser? Koch sagt, Wasser sei ein Bacillenträger? Das ist Dir natürlich eines der geflügeltsten Worte, welches die Literatur kennt, und wegen dieses Einen Satzes hältst Du Koch selbstverständlich für den größten Dichter aller Zeiten.

Allerdings? Nun, und der Rothwein ist kein Bacillenträger? Du schrecklichster Mensch hast mir aber eben gesagt, die Trockenheit vor Allem tödte den Kommabacill.

Auch Säure, sagt Koch, und nun trinkst Du, um Dich der Familie zu erhalten, sauren Kutscher? Dem Anschein nach hast Du heut oder richtiger gestern ungeheure Quantitäten Moselwein genossen, denn ich sehe ja, daß Du jetzt mit dem Hausschlüssel Deine Uhr aufziehen willst. Das kommt nicht allein vom Moselwein, soviel verstehe auch ich vom Trinken.

Das freut Dich – natürlich wieder mit Deinem eisernen Dativ – *und Du hättest dazwischen eine Flasche Champagner getrunken?* Ich möchte nur wissen, womit Du den Champagner erklärst. Den hast Du doch nicht etwa wegen Beförderung der Trockenheit oder wegen der Säure getrunken.

Natürlich nur »wejen die Kohlensäure«, weil Koch Kohlensäure empfiehlt? Es ist ja merkwürdig, wie Du plötzlich so folgsam gegen die Aerzte bist. Als aber unser Doctor sagte, Du solltest nicht mehr trinken, da meintest Du, er habe keine Ahnung von der Medicin. Also Kohlensäure? Nun, von der bist Du doch auch nicht in diesen sinnlosen Zustand versetzt worden.

Bravo, ich hätte Recht, Du hast zuletzt einen Punsch getrunken, und der hat Dich total ruinirt? Also auch das noch, nun, und jetzt willst Du mir vorreden, Koch, dieser ernste Mann der Wissenschaft, empfehle auch den Punsch als ein Mittel gegen das Bacillen-Ungeheuer.

Es fehlt nur noch, daß Du Dir den schlechten Witz erlaubst, mir weiß zu machen, Du ließest Dir einen Punsch von Carbol machen.

Das nicht, aber der Punsch entwickelt Wasserdämpfe, und Wasserdampf, sagt der Minister, ist zum Desinficiren sehr nöthig? Muckenich, mache Dich keiner Beleidigung des Ministers der geistlichen, Unterrichts- und Medicinalangelegenheiten schuldig, indem Du behauptest, dieser hohe Staatsbeamte habe an die Regierungspräsidenten, Landdrosteien und an den Polizeipräsidenten von Berlin die Verfügung erlassen, sie sollten anordnen, daß die Staatsangehörigen Punsch trinken. Ich habe diese Verfügung gelesen. Kleidungsstücke der Cholerakranken sind mit heißen Wasserdämpfen, deren Temperatur mindestens 100 Grad Celsius betragen muß, zu behandeln, und jetzt trinkst Du warmen Punsch und berufst Dich auf die Instruktion des Ministers. Es ist unerhört!

Was? Ich solle nun endlich still sein und wieder einschlafen? Nein, ich muß reden, denn sonst glaubst Du, ein Recht zu haben, auf Grund von Vorsichtsmaßregeln gegen die drohende Epidemie Deinen untugendhaften Lebenswandel fortführen zu können.

Wie nennst Du mich? Dein Bacillchen, Deine einzige Mikrobe? Ich werde Dich mikroben, Du! Ich bin eine unglückliche Frau und keine Mikrobe. Du aber bist ein Mensch, der, oder besser kein Mensch, der jeden Tag ein anderes Ereigniß in eigennützigster Weise ausbeutet... Was, er schläft?... Er schnarcht?... Nun, wozu rede ich denn noch... (Sie schläft gleichfalls ein.)

Bei den Androiden.

Muckenich (an der Casse). Jroßartig! Diese Figur, die hier als Cassirer sitzt, is det Jroßartigste an Künstlichkeit, was ick bis jetzt jesehen habe. (Legt eine Mark hin.) Nee, wie er det Jeld nimmt! Janz wie'n Mensch. Un wie er mir det Billet jiebt! Det jeht aber wirklich über alle Puppen.

Der Cassier. Sie wollen mich wohl aufziehen?

Muckenich. Aber liebster Androide, wenn man Ihnen nich ufzieht, denn können Sie doch nischt machen. Sie wollen mir doch nich einreden, det Sie ohne Uhrwerk sind?

Der Cassier. Ich habe nicht Zeit, mit Ihnen zu plaudern. Gehen Sie in den Saal.

Muckenich. Ooch nich übel, er is ufjezogen, un ick soll abloofen. Na, adjö! (Geht hinein.) Also hier sind die künstlichen Mitbürger? Nee, was Menschenhände Allens machen können! Wahrhaftig, da looft Eener. Nee, wie er Luft holt un sein Tage-Uhrwerk verrichtet! Det wäre'n Abjeordneter! Wenn die Sitzung anfängt, denn wird er in Jang jesetzt, un denn springt er seinen Hammel ab un sagt nischt, un wenn er Allens bewilligt hat, denn wird er wieder in's Futteral vertagt.

Ein Herr. Dummes Zeug!

Muckenich. Um Verjebung, sind Sie Automat, oder der jewöhnliche Homosapienserich? Wenn Sie nämlich keen Automat sind, denn verbitte ick mir jede Redensart. Von einem Automaten lasse ick mir Allens jefallen, aber der Mensch, der hier ohne Mechanismus rumlooft, soll mir nich reizen, indem ick ihn durch eine Handgreiflichkeit nich weiter ruiniren kann, weshalb et mir nich druf ankäme. (Der Herr geht weiter.) Er is also ein jewöhnlicher Mensch. (Tritt vor eine der Figuren.) Sieh mal, dies nette Automädchen kann zeichnen.

Eine Dame (zu ihrem Begleiter.) Und wie reizend sie porträtirt, es ist bewundernswerth.

Muckenich. Det is ja eben det Faule. Sehen Sie, meine Dame, die kann bloß jut zeichnen, die kann jar nich anders. Ja, wenn die sich mal irrte, denn wäre sie ja menschlich un also keen anerkannt jrößtes Weltwunder.

Der Begleiter der Dame. Was Sie sagen! (Sie entfernen sich.)

Muckenich. Da wäre er nie druf jekommen. (Tritt an die Klavierspielerin heran.) Na, mein Püppchen, nu lasse mal hören, was Dein Androidenmacher kann. Frage mir mal aus Nanon, was heute für'n Tag is, oder spiele was von der Jeistinger. Du bist doch alt jenug dazu. (Der Automat beginnt zu spielen.) Was is denn det, die Puppe kann ja wirklich. Det is ja schrecklich! Wenn außer die natürlichen noch künstliche Clavierspielerinnen in die Welt jesetzt werden, denn hört ja Allens uf. Da wer' ick mir man jleich meine Trommelfelle vervorschuhen lassen. (Er läuft davon.) Ick lasse mir jeden Androiden jefallen, aber Clavierspielen, nee, da spiele ick nich mit!

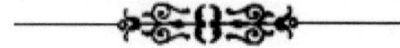

Bei dem Meerweib.

An einem Hause der Friedrichstraße zeigt ein Bild den Fang einer Sirene, welche mit einem kolossalen Lockenhaupt dargestellt ist. Muckenich tritt an die Casse.

Muckenich. Bin ich hier recht bei dem Meerweib und was kostet es?

Cassirerin. Funfzig Pfennig.

Muckenich. Et steht anjeschrieben: Soldaten un Studenten die Hälfte. Ick bin Soldat un Student jewesen, ziehe mir also zwee mal die Hälfte ab und zahle jarnischt.

Cassirerin. Darauf kann ich mich nicht einlassen.

Muckenich. Sie sollen sich ja ooch nich einlassen, sondern mir. Na, beruhigen Sie sich man, hier sind die funfzig Pfennige, un nu seien Sie jemüthlich. (Er geht in den Salon und tritt an eine daselbst liegende ausgestopfte Sirene oder Seejungfer.)

Erklärer. Hier, meine Herrschaften, sehen Sie das Meerweib.

Muckenich. Das arme Jeschöpf, wie hat es sich auf dem kurzen Weg von draußen bis hier in die Stube verändert! Det is ja 'n jewöhnlicher Seehund, oder sonst 'n Meerwauwau. Freuen sie sich, dat er dodt is, sonst müßten Sie Hundesteuer bezahlen. Nee, so was!

Erklärer. Schauen Sie das Thier an, sieht es nicht wie ein Mensch aus?

Muckenich. Nee, et mag ja Menschen jeben, die wie Seehunde aussehen, aber ick kenne sie nich.

Erklärer. Ich kann Ihnen aber sagen, daß dies kein Seehund ist, es ist, wie ich Ihnen sage, ein Meerweib.

Muckenich. Wetten, daß nich? Sie wollen mir doch nich weiß machen, det dieser Seeköter eene von die Sirenen oder Meerpattis is, die die ollen Jriechen mit ihre Arien anlockten und sie dann umbrachten?

Erklärer. Das ist allerdings Mythe.

Muckenich. Die werden Sie vielleicht rausschlagen, wenn det Local nich zu theuer is, aber ick jlobe nich, det Sie'n Jeschäft machen werden. Denn der Berliner läßt sich keenen jewöhnlichen Seephylax ufbinden.

Ein Zuschauer. Ich bitte um weitere Erklärung.

Muckenich. Ick bitte jleichfalls darum, lassen Sie sich nich in Privatjespräche ein.

Erklärer. Also, meine Herrschaften, dies ist ein Meerweib, und wie Sie sehen, hat es Hände und Brüste ganz wie ein Mensch.

Muckenich. Was Menschenhände nich Allens ausstoppen können!

Zuschauer (zu dem Erklärer). Bitte, fahren Sie doch fort.

Muckenich. Dazu möchte ick Ihnen jleichfalls jerathen haben. Fahren Sie, wohin Sie wollen, aber in Berlin is mit so was keen Jeschäft zu machen. Wenn Sie dajejen mal 'ne lebendige Seejungfer, die etwas Stimme hat, uftreiben können, denn kommen Sie wieder, denn sollen Sie mal sehen, was sie vor ausverkaufte Häuser haben. Aber uf diesen Seehund kommt Ihnen keen Berliner. Na, Adieu, ick wünsche Ihnen verjnügte Zuschauer. (Geht hinaus.) Wie ick das Bild draußen jesehen habe, dachte ick Wunder was. (Zu der Cassirerin.) Behalten Sie man die funfzig Pfennige, aber mehr wie vierzig is Ihre Wassermamsell unter Brüdern nich werth. Kaum! (Er entfernt sich.)

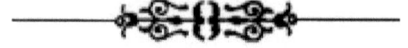

Ueber Afrika.

Vortrag, f. d. Colonialverein aus dem Berlinischen in's Deutsche übersetzt.

Verehrte Bezirksbrüder!

Es ist mir der ehrenvolle Auftrag geworden, Alles, was ich über Afrika weiß, nicht länger unter den Scheffel zu stellen, sondern damit herauszukommen. Denn mehr als Afrika ist in neuerer Zeit wohl nichts auf das Tapet gekommen, wenigstens in Deutschland giebt es in diesem Augenblick keinen Welttheil, der so populär, so das Tagesgespräch ist, wie Afrika. Selbst Amerika, welches geraume Wochen durch das Schweinefleisch in Aller Mund war, mußte wieder von dem erwähnten Tapet herunter und Afrika Platz machen. Ich sehe auch nicht ein, warum nicht. Deutschland will sich wie jede andere Großmacht ausdehnen, und da muß ihm ein Welttheil so lieb wie der andere sein, besonders derjenige, welcher uns wie Afrika mit offenen Armen, unter denen ich wohl nur die des Herrn *Lüderitz* namhaft zu machen brauche, entgegenkommt.

Ich möchte Afrika ebenso wie Amerika das Ei des Columbus nennen. Der Augenschein lehrt uns, daß es viel mehr als Amerika der Eiform huldigt. Afrika sieht, wie Sie, meine verehrten Bezirksbrüder, aus dem Stieler'schen Handschulatlas wissen, wie ein oben plattgeschlagenes Ei aus, es stößt Sie gleichsam mit der Nase darauf, daß es sich so gut wie Amerika zur Erwerbung von deutschen Colonien ganz besonders eignet.

Daß Afrika im Stande ist, die Kosten einer Unternehmung zu decken und reichlich zu verzinsen, wissen Sie aus der bekannten Oper »Die Afrikanerin«. Sie hat den Theatern selbst die schwersten Opfer für die Inscenesetzung außerordentlich belohnt, indem sie eine Reihe von aus- oder gutbesetzten Häusern im Gefolge hatte. Vasco de Gama singt in diesem musikalischen Werk die Hauptrolle, welche darin gipfelt, daß der genannte Entdecker den Seeweg nach Ostindien findet, indem er auf den Rath seiner Geliebten das Cap der guten Hoffnung rücksichtslos umschifft. Ich glaube, daß die Existenz dieser Geliebten dunkel ist wie ihre Hautfarbe, jedenfalls aber ist die Thatsache richtig: Vasco de Gama legte den ersten Wellenstrang nach Ostindien.

Aber schon lange vor Vasco de Gama war Afrika vorhanden, obschon es noch nicht in weite Kreise gedrungen und kein Lieblingsthema der Zeitungen war. Um 600 vor unserem jetzigen Kalender wurde es von den Phöniziern und 130 Jahre später von Karthago aus durch den älteren Hanno umschifft. Von dem älteren Hanno weiß ich nichts zu sagen, ohne Zweifel aber wird er so genannt, um Verwechselungen mit dem jüngeren Hanno zu vermeiden. Beide waren – darin stimmen alle Geschichtsforscher überein – Söhne des alten Hanno. Der ältere Hanno ist nicht komponirt worden. Mit Recht. Sein Unternehmen ist ohne Folge geblieben. Er umschiffte Afrika und war vergnügt. Das war Alles. Ihm war nur darum zu thun, Afrika umzusegeln. Aber ans Land zu gehen und Grundstücke zu kaufen wie Lüderitz, oder eine Fahne aufzupflanzen wie Nachtigal, das fiel Hanno'n nicht ein. Selbstverständlich fielen denn auch Jahrhunderte lang den Elephanten die kostbarsten Zähne und den Straußen die werthvollsten Federn aus, ohne daß diese Elfenbeine und Straußenfedern für Europa irgend einen Nutzen hatten. Das soll sich nun ändern, indem Afrika stückweise in unsere Hände gelangt.

Denn, meine verehrten Bezirksbrüder, daß Deutschland sich noch länger ohne ein Stück Afrika behelfen konnte, das hielt ich überhaupt für unmöglich. Wenn der Mensch reich geworden ist, so muß er wie andere reiche Männer den Titel Commerzienrath und eine kranke Leber haben, und wenn ein Staat groß und mächtig wird, so verlangt er Colonien. Es gehört nun einmal dazu.

Nun haben wir den Anfang gemacht. Wir besitzen Angra Pequena und die Behküste. Es ist doch immer etwas. Allerdings wird mancher Bewohner Berlins fragen, wozu wir gerade ein Stück der Wüste Sahara besitzen müssen, da wir doch schon Sand genug haben, aber das ist jedenfalls ein kleinlicher Standpunkt, und ferner kann doch die Meinung einzelner Berliner in so großen Fragen nicht maßgebend sein.

Allerdings ist die Nähe der Wüste kein Vortheil für unsere afrikanischen Provinzen. Leoparden aller Art kommen heraus und machen die Gegend unsicher. Hier wird wieder mancher Berliner fragen: Wozu brauchen wir noch mehr unsicher gemachte Gegend, da Berlin dergleichen schon zur Genüge aufzuweisen hat? Aber auch diese Frage kann ich mit Stillschweigen übergehen. Das Vordringen der Cultur wird die Zustände in Afrika und in Berlin schon bessern. In Deutsch-Afrika wird das Aufpflanzen der deutschen Fahne geregelte Verhältnisse herbeiführen, und wenn sich die persönliche Sicherheit in Berlin nicht bald bessert, so wird hoffentlich Herr Dr. Nachtigal noch eine deutsche Fahne übrig haben, um sie eines Tages in Berlin aufzupflanzen, und dann wird sich das Weitere schon finden.

Meine lieben Bezirksbrüder, denken Sie über Afrika, was Sie wollen, ich für meine Person bin sehr damit einverstanden, daß Afrika nach und nach deutsches Reichsland wird, denn dann erst haben wir auf die Frage: »Was ist des Deutschen Vaterland?« nicht mehr zu singen:

>»O nein, o nein, o nein, o nein!
>Sein Vaterland muß größer sein,«

sondern wir singen dann die neue Wacht:

>Es braust ein Ruf wie Donnerhall:
>Hoch lebe unser Nachtigal!
>Die deutsche Fahne mit Hurrah
>Pflanzt er jetzt auf in Afrika.
>>Lieb' Vaterland, nun juble froh,
>>Fest sitzen wir auf Klein-Popo!

>Zeigt Frankreich nun und Engelland
>Mit Stolz den übersee'schen Strand
>Und redet: »Deutschland, sehen Sie
>Das da ist uns're Colonie«,
>>So machen wir es ebenso
>>Und zeigen ihnen Klein-Popo.

>Und wenn sie nun aus purem Neid
>Uns schieben möchten dort bei Seit',
>So können sie erleben was,

Denn da versteh'n wir keinen Spaß,
Und machen sie uns gar Halloh,
Dann giebt es was auf Klein-Popo.

Entlarvt!

Frau Muckenich (im Bett. Die Thüre wird leise geöffnet. Ihr Gatte schleicht herein. Frau Muckenich aufwachend): Wer schleicht da auf vor der Thür ausgezogenen Stiefeln in mein Zimmer? Soll ich um Hülfe schreien? Ha, es wankt! Das ist mein Mann! So schleicht entweder ein Betrunkener oder ein Verbrecher. Oder Beides! Weh mir, der Unglücklichen!

Es ist noch früh? Drei Uhr zeigt der Wecker, und der Wecker ist in diesem Gemach das einzige lebende Wesen, das mich nicht hintergeht. Verstehst Du das, Elender? Hinweg mit Deiner kalten Hand!

Was mir Deine Hand gethan hat? Mir nichts, aber Anderen. Ich wage nicht auszusprechen, was. Aber ich weiß Alles!

Gratulire? Aber doch nicht mir, denn ich weiß, daß Du ein Verbrecher bist.

Ich sehe schwarz? Angenommen, ich sähe schwarz, kann ich in einem dunklen, fensterlosen Zimmer Nachts um vier –

Um drei? Schön, um drei Uhr anders als schwarz sehen? Aber ich sehe nicht schwarz.

Wat denn sonst vor'ne Kulör? wie Du Dich in Deinem reichshauptstädtischen Jargon ausdrückst. Nun, ich sehe nicht schwarz, sondern roth!

Dann wirst Du morgen einen Augenarzt holen lassen? Meine Augen sind vortrefflich, aber um so schärfer sehe ich an Deiner mir entgegengestreckten Hand roth. Hinweg mit ihr!

Ob ich eins über den Durst getrunken habe? Du meinst also, daß ich mich dem stillen Patzenhofer ergeben, daß ich –

'nen kleenen Affen habe? Abscheulicher Ausdruck, noch abscheulicherer Verdacht! Nein, ich bin vollkommen nüchtern, aber ich wälze mich seit 10 Uhr, also seit sechs Stunden –

Es sind fünf Stunden? Sei es, also seit fünf Stunden wälze ich mich schlaflos in den Kissen umher. O ich beklagenswerthestes der Weiber dieser Erde!

Ich sollte zum Abendbrod keinen Käse essen, dann würde ich schlafen? Ich verbitte mir diesen Rath, denn es ist nicht der Käse, der mir den Schlaf raubt, sondern der Gatte. Weißt Du, was Du bist?

Hundsmüde bist Du? Nein, im Gegentheil, ich bin es müde, länger zu schweigen. Du bist ein Mörder!

Man hört doch immer was Neues? Nun ja, mir war es was Neues, und ich wünschte, ich hätte niemals davon erfahren. Aber das ist der Fluch der Belesenheit. Als Du heute Abend fortgingst, was sagtest Du? »Ick jehe in die Loge. Heute Abend is jroße Sitzung, wir Freimaurer haben heute höllisch zu arbeeten.« Nun ja, höllisch, das ist der richtige Ausdruck.

Ihr habt bis vor einer halben Stunde gemauert? Schweig'! Wer weiß, was Ihr eingemauert habt! Denn kaum warst Du fort, da las ich die Encyclica des Papstes, dessen mit dem Alter sich mehrende Redseligkeit mir die mit Blindheit geschlagenen Augen öffnete. Du bist ein Mörder!

Ooch nich übel? Also so hartgesotten bist Du schon, daß Du auf solche Anklage kein anderes Wort findest als dieses vulgäre, banale, triviale! Der Papst sagt es Euch Freimaurern auf den Kopf zu, daß Ihr Mörder seid, die sich mit unerhörter Schlauheit den Scharfrichtern aller Länder zu entziehen wissen und ungestraft fortfahren, Brüder wegen einer harmlosen Indiskretion bei Seite zu schaffen, wenn es Euch der Stuhlmeister befiehlt. Mann, ich frage Dich hiermit, bei den Gebeinen Deiner tiefgebeugten Gattin: Wieviel Brüder hast Du auf dem Gewissen?

Nun wird es Dir zu bunt, ich soll schlafen? Ich und schlafen, unter einem Dach mit einem Mörder, der vielleicht auch mich nächstens aus Gewohnheit – ich mag das Bild nicht weiter ausmalen. Also zu Deiner Vertheidigung kannst Du nichts weiter vorbringen, als den Befehl, daß ich schlafen soll? Was ziehst Du da aus der Tasche! Du wirst doch nicht –

Es ist Deine ungeladene Uhr, und ich soll mit dem Blech nun aufhören? Du entgehst mir nicht in diesen Schlangenwindungen, ich glaube dem Papst mehr als Dir. Ich glaube dem Papst Alles, was er behauptet. Der Papst ist kein Journalist, der in den Tag hineinschreibt. Also gestehe, Verworfener!

Du willst Alles gestehen? Und dabei kriechst Du ins Bett! Himmel, was werde ich hören? Wenn es nicht vier Uhr wäre, so würde ich fliehen.

Drei Uhr? Schön, also rede, aber leise, denn das Ohr des Gesetzes wacht.

Was? Du bist garnicht Freimaurer? Und von diesem Ableugnen hoffst Du, Dich den Händen des furchtbaren Krautz zu entreißen, wenn die Nemesis Dich eines Tages erreicht? Gestehe, aber die volle Wahrheit!

Es ist die Wahrheit? Du wolltest blos dann und wann einen Abend frei haben? Darum hast Du mir am Hochzeitstage erzählt, Du seist Freimaurer, ich solle nicht darüber sprechen, und nun hast Du mich volle zwanzig Jahre in diesem Wahn erhalten, um dann und wann unter dem Vorgeben, an dem Tempel der Humanität wieder eine Reparatur vornehmen zu müssen, einen Abend und die halbe Nacht bummeln zu können. Und wer weiß, wo Du gesteckt hast! O ich arme betrogene Frau! Zwanzig Jahre lang hinter das Licht geführte Frau! Mensch! . . Er schläft . . er schnarcht! . . Wollte ich doch, . . Du wärst . . Freimörder . . ein Kain, der . . seine Logen-Abel . . ermordet . . ich . . arme . . Betrog . . (Sie schläft gleichfalls ein.)

Gang zum Reichstagsgebäude-Grundstein.

Bericht am Stammtisch.

Meine Herren, wie et mir jegangen is, da hört schon Allens uf. Sie wissen, ick versäume die Wiege jroßer Ereignisse unjern, aber et muß nich rejnen. Ick kann det Wasser nich leiden. Et is ja nöthig, det weeß ick. Ohne Rejen jedeiht nischt. Die Pflanze in erster Linie verdorrt ohne Platz- un andere Rejen. Ooch verdirbt der Rejen viel an Hüten un andere Jarderobe, un det hebt wieder Industrie un Handel. Det aber sage ick Ihnen: Wenn ick zur Zeit der Sündfluth jelebt hätte, so hätte ick sie jewiß versäumt, denn ick würde keenen Schritt jethan haben, um mir den Unterjang der Menschheit im Rejen anzusehn.

Aber Montag konnte ick doch nich zu Hause bleiben. Aus zwee Jründen. Erstens weil et die Jrundsteinlejung des neuen Reichstags war, un zweetens weil der Minister verboten hatte, det die Wetterprognosen veröffentlicht werden. Nu jrade! sagte ick zu meiner Frau. Caprivi soll nich die Schadenfreude jenießen, det wir jar nich wissen, was wir anfangen sollen, weil er uns die Prognose entzogen hat, un mit oder ohne Prognose, ick jehe nach'm Königsplatz un sehe mir det Legen des Jrundsteins an. Sie jab mir Recht, denn sie kann et ooch nich leiden, wenn uns die Behörde etwas entzieht un wenn et ooch bloß 'ne lumpige Prognose is.

Ick jehe also aus. Da trifft mir dieser Mehlmann. Sie kennen Ihn. Wenn et rejnet, denn hat er immer in irgend 'ne Weinstube seinen Schirm stehen jelassen und denn muß man mit ihm jehen, um ihn abzuholen. Oder et is schönes Wetter, denn hat er seinen Schirm bei sich und denn muß er in irjend 'ne Weinstube, um ihn da abzujeben, weil er ihn jenirt. Et rejnete Montag, also hatte er den Schirm bei Thiele stehen jelassen, un ick mußte nu mit, um ihn abzuholen. Zwar sagte ick, det der Jrundstein jelegt wird, er schrie aber, der liefe uns nich weg, und da mußte ick ihm beistimmen.

Was soll ick Ihnen sagen? Eine janze Stunde lang holte er bei Thiele den Schirm ab, so daß wir zwee Flaschen Burjunder jetrunken hatten, wie wir uns endlich nach dem Jrundstein uf'n Weg machten. Kaum aber sind wir die Straße entlang jegangen, da hörte der Rejen uf, un nu sagte dieser Mehlmann, der Schirm jenirte ihn un er wollte ihn bei Grummer abjeben, da wäre ein Kellner, der sein janzes Vertrauen besitzt. Der Jrundstein, sagte er, liefe uns ja nich davon. Schon wieder mal nich.

Bei Grummer is et ja immer sehr nett. Mehlmann jab seinen Schirm ab un sagte, aus Dankbarkeit müsse er etwas jenießen. Sie haben jar keenen Bejriff davon, was ihm der Schirm durch Abholen un Abjeben kostet. Eine Mitjift, janz abjesehen von der infam rothen Nase. Un nu saßen wir da un tranken aus Dankbarkeit eine Flasche nach der andern, un wie ick nu endlich zu Mehlmann sage: Du denkst wol, der Jrundstein wird den janzen Tag jelegt? da ließ er denn die Maske fallen, un jestand mir, det er ein Jegner des janzen Jrundsteins wäre un überhaupt nich raus wollte. Ick war außer mir. Was? rufe ick, Du willst Dir hier als Jegner dieses Denkmals der deutschen Einheit ufspielen? Det jränzt ja an Most. I, sagt er, det mag jränzen, woran Du willst, ick sage Dir, ein neues Parlamentsje-bäude is sehr schön, aber wir haben noch jar keenen echten Parla-mentarismus, im Jejentheil, et geschieht allens Mögliche, um ihn herunterzusetzen. So schimpfte er weiter, und die Andern jaben ihm leider Recht, unser Parlamentarismus hätte die Forsche noch nich raus, und man machte mit dem Reichstag, was man wollte, und wenn't anjinge, denn würde man den janzen Reichstag verset-zen und den Pfandschein verlieren.

Ick hielt mir kaum noch un zitterte so, det ick det Jlas nich an den Mund bringen konnte. Endlich jelang et mir, un denn sagte ick die-ser janzen Blase die Wahrheit. Unpatriotisch nannte ick sie, aber det war det jelindeste Wort. Da überhaupt keen Wein mehr da war, so nahm ick jar keen Blatt mehr vor den Mund, un sagte, sie wären Bacillen im deutschen Staatskörper un was mir sonst noch an Inju-rien einfiel. Det is Pflicht jedes Patrioten.

Die Bacillen wollten sie nu nich uf sich sitzen lassen, sie wußten nich, was ick damit sagen wollte, un als wenn ick ihnen das Wort blos im Freien erklären könnte, faßten sie mir so unsanft wie mög-lich an un trugen mir raus.

Mehlmann blieb mit mir alleene im Rejen stehen. Sie können sich denken.

Muckenich, sagte er, der Jrundstein is längst jelegt, un uf'm Bauplatz is nischt mehr zu sehen. Aber damit Du doch etwas von der erhebenden Feierlichkeit jenießest, jebe ick Dir hiermit die üblichen drei kräftigen Schläge uf'n Kopp.

Dabei entblößte er mein Haupt un vollzog die bekannte Ceremonie.

Et rejnete zum Jlück, so daß ick rasch davonjing un in die Pferdebahn rin un nach Hause. Nie in meinem Leben jehe ick wieder mit Mehlmann zu einer nationalen Festlichkeit, darauf können Sie sich verlassen!

Ein neues Pech.

Muckenich erzählte dieser Tage an seinem Stammtisch:

Meine Herren, was mir Allens passirt, det passirt keenen Andern. Ich weeß nich, was ick dazu sagen soll, aber wenn ick bedenke, det ick'n Mensch bin wie jeder andere ooch, un det mir Dinge bejejnen, die keenen Andern bejejnen, meine Herren, denn muß ick jestehen, et is doch sozusagen verhältnißmäßig un et hört Verschiedenes uf.

Sind Sie zum Exempel schon einmal in Ihrem janzen Leben reinjeschmissen worden? Et fällt Ihnen nich ein. Ick aber erkläre Ihnen, meine Herren, det mir's passirt is. Hören Sie man bloß zu. Ick jehe bei der Berliner Flora vorbei un treffe da 'nen Rudel Freunde aus unserm Verein »Liebe«. Schrubber, jennant der Bacill, ruft jleich: Da kommt Muckenich, der muß mit rein. Wo rein? frage ick. Zu die Christlichsocialen, ruft Klammer, jennant der Menschenfresser. Nee, sage ick, da jehe ick nich mit, ick mag von der janzen Wahlajitation nischt mehr hören, die hängt mir zum Halse raus, denn außerdem habe ick ooch'n neuen Hut uf, un wenn ick da 'ne andere Meinung habe, denn Jnade Jott meinen Hut, denn wird er mir anjetrieben. Unsinn, schreit Krabbe, jennant der Typhus, wir sind bei Dir, un et kann Dir nischt passiren. Wir sind alle Mitjlieder der »Liebe«, un wer Dir anrempelt, der jeht über unsere Leiche. Wenn Du also nich mitwillst, denn kannst Du von Jlück sagen, wenn Du mit etliche Hautabschürfungen davonkommst. Na ob! ruft Preller, jennant der Radau, un schwingt seinen Hausschlüssel. Ick hatte et mir aber mal in den Kopp jesetzt, heute keene Rede zu hören, un drehe mir zum Jehen. Aber ick hatte mir noch nich zur Hälfte jedreht, da faßt mir der Präsident Strippe, jennant der Bleiknopf, un sagt: Det jeht zu weit, Jungens, faßt ihn! Jesagt, jefaßt, un nu stoßen un schmeißen sie mir unter dem jröbsten Zureden in die Flora rein un ehe ick höchstens sechs Beulen am Leibe hatte, befand ick mir mitten in der Versammlung. Da sage ick zu meinen Freunden: Ihr seid nette Mitjlieder der »Liebe«, Ihr sagt: Wir sind bei Dir un et kann Dir nischt passiren, un trotzdem werde ick hier reinjeschmissen un kann keen Jlied rühren. Na ja, warum hast Du Dir ooch so jesträubt, sagt da Plusemann, jennant der Stierkämpfer, jieb mir die zehn Pfennig Entrée nach Belieben wieder, die ick vor Dir bezahlt habe, denn soll

Allens verjessen sind. Ick lachte, obschon ick mir meine Beulen rieb, un sagte: Wenn ick wo rinjeschmissen werde, bezahle ick keen Entrée. Ruhe! Stille! schrieen die Christlichsocialen. Ick bin ja janz still, rief ick, aber ick bin hier rinjeschmissen, un nu will Plusemann Entrée von mir haben. Ruhe! schrieen sie wieder, Juden raus! un auf ein Zeichen von Stöckers Hand wurde der janze Verein »Liebe« aus dem Saal jedrängt, obschon nich'n eenzigster Jude unter uns war, was sie uns aber nich jloobten, sondern uns körperlich beschädigten, un mir meinen neuen Hut so aus dem Facong brachten, det er nu schon acht Tage beim Büjeln is un noch immer keene rechte Cylinderjestalt wieder annehmen will. Wie wir draußen waren, jingen wir in unser Vereinslokal, jenannt das Fallbeil, un hielten eine Sitzung ab, un et wurde noch janz nett, aber meine Herren, det müssen Sie doch zujeben, det ick Pech habe. Oder is schon jemals Jemand bei den Christlichsocialen reinjeschmissen worden, so lange die Welt steht? So was kann bloß mir passiren!

Am ersten Januar 1884.

Muckenich ist an einer Haltestelle der Pferdeeisenbahn in der Leipzigerstraße angelangt und redet einen dort wartenden Herrn an: Also, wie jesagt, ick sitze im Landsknecht, als Jemand Prosit Neujahr! zu mir sagt. Ick verbitte mir das. (Der Herr steigt in einen Wagen, Muckenich wendet sich zu einem andern Wartenden.) Warum? sagt er. I, sage ick, det ewije Jratulationswünschen bringt bloß Pech. Heute vorn Jahr hat man mir meinen janz neuen Cylinder entzweijewünscht, un ick hatte das janze Jahr Unanjenehmes. Wieso? fragt er. (Der Herr steigt gleichfalls ein, Muckenich spricht mit einem Dritten weiter.) Det will ick Ihnen erklären. Ick bin in's vorichte Jahr 36 mal an die Luft jesetzt, 12 mal rausjeschmissen und 15 mal wurde ick jebeten, das Local zu verlassen. Macht monatlich 5¼ Stühle, die mir vor die Thüre jesetzt sind. Det is doch für einen Mann, der jerne sein Jlas in Ruhe austrinkt, ein etwas reichliches Amöblemang, jar nich zu reden von die anderen Male, wo man mir zeigte, wo der Zimmermann das Loch jelassen hat, obschon ick jar nich neujierig war. (Der Angeredete ist längst eingestiegen, Muckenich geht weiter.) Da aber der fremde Herr immer wieder Prosit Neujahr sagte, so wurde er handjemein mit mir, un ehe er sich's versah, erhoben sie mir, nämlich der fremde Herr un zwee Kellner, in den Stand der Nothwehr un setzten mir erst uf die Straße wieder zu Boden. Da beeilte ick mir denn, hierher zu kommen, damit Sie wissen, was aus mir jeworden is. (Schreit.) Ick weeß et selber nich!

Schutzmann. Verhalten Sie sich ruhig!

Muckenich. Sie sollen mir aber nich Jlück wünschen, ick sagte Ihnen ja schon, det ick vorichtes Jahr über un über beprostet wurde un in Folge dessen furchtbar ville Pech hatte. Bloß een Jlück hatte ick, ick konnte keen Jeld uf Renten lejen, un so bin ick denn wenigstens vor der Kapitalrentensteuer sicher.

Schutzmann. Machen Sie, daß Sie weiterkommen!

Muckenich. Det is bei diesem Steuerjestöber nich möglich. (Er stolpert vorwärts.) Jestern lese ick, bei Haußmann hat Jemand Muscheln jejessen un in eine hat er drei Perlen jefunden. Da könnte man sich ja leicht zum Milljonär ruffrühstü-

cken, aber wo kriegt man die Muscheln? Denn bei Haußmann werden sie natürlich schon jestrichen sind. (Redet eine
Dame an.) Wissen Sie vielleicht, wo man die Muscheln mit
Perlen bekommt? (Dame eilt vorüber.) Aha, die jeht selber
Muscheln essen un wird mir natürlich nich ihre Quelle an-
jeben. Et is übrijens vernünftig, det sie die Sache jeheim hält,
denn wenn die Jrenzboten davon hören, denn kriegen wir 'ne
Miesmuschelsteuer, die eben so mies is wie all die anderen,
un wer mag abjestempelte Muscheln genießen? Mit die kann
man mir jagen! (Er läuft davon und fällt hin.) In die Leipziger
Straße sind nu ooch wieder bloß Pferde un keen Sand je-
streut. Das werde ick Wagner sagen, der mal wieder die libe-
rale Stadtverordneten verleumden muß, sonst sinkt dies Berlin immer mehr in die Weltstadt 'ruf. (Ein Dienstmann hilft
ihm auf die Beine.) Ueberall hebt sich die Industrie. Danke
schön, lieber Freund, un wenn Sie bei Kasse sind, denn lade
ick Ihnen zum Frühstück ein. Ick habe nämlich meine alte
Münzen sämmtlich ausjejeben un die mit dem neuen Stempel
habe ick noch nich. So wäre mir denn 'ne Bestechung Ihrer-
seits anjenehm, un die würde ick nich zurückweisen, weil ick
bekanntlich keen Kritiker bin.

Dienstmann. Bekneipt sind Sie. Jehen Sie nach Haus, sonst werden
Sie reif für den Schutzmann. (Geht fort.)

Muckenich. Schutzmann? Unsinn! Der hat zu ville zu thun, daß er
die Juwelendiebe nich kriegt, der kann sich um eenen allein
dastehenden Betrunkenen nich kümmern. Wenn Sie noch
mal sagen, det sich der Schutzmann wejen mir jraue Haare
wachsen läßt, denn denuncire ick Ihnen wegen Beamtenbeleidijung, denn Petzen kann ick wie'n erwachsener Breslauer
oder Braunschweiger. (Geht auf einen Schutzmann zu.) Herr
Schutzmann, Sie sind da eben jröblich beleidigt worden –

Schutzmann. Kommen Sie mal mit, ich beobachte Ihren Unfug
schon seit einer halben Stunde.

Muckenich (folgt ihm). Wie die Zeit verjeht! Is det schon 'ne halbe
Stunde her? Oder irren Sie sich in die Person? Wir haben im
Proceß Dickhoff jesehen, wie leicht ein schon mehrfach be-
strafter ehrlicher Mann für 'nen Commissionär jehalten wer-

den kann. Uebrijens is heute Festtag, un da darf nich gejagt werden, machen Sie also nich so jroße Schritte, ick kann meine eijenen Beene nich sehen. Sie arretiren ja förmlich per Rohrpost. Wenn wir langsam jehen, denn erwischen wir vielleicht die Juwelendiebin, die am Ende jar nich weiblich is, sondern mehrere Männer. (Nach einer Pause.) Waren Sie schon in Nanon? (Singt.) »Was ist denn heut wohl für ein Tag, daß mir so froh zu Sinn?« Richtig, der erste Januar. Nee, det Pech! Ick sagte't aber schon: Dat verdammte Jratuliren! (Er wird in das Polizeibureau gebracht.)

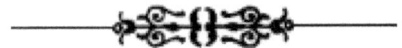

Die Ausstellungen in Berlin.

Eine Plauderei am Stammtisch.

Kellner! Ick habe Ihnen nu schon viermal *aufjefordert*, Sie sollen mir'n Seidel bringen. Soll ick nu anfangen zu *ersuchen?* Wir sind hier nich in'n Reichstag, haben Sie mir verstanden? (Der Kellner bringt das Verlangte.) Nischt is unhygjenischer als wie det Lauern uf'n Seidel. Der Dursttyphus is wohl die schlimmste Krankheit, die es jiebt. Merken Sie sich das.

Also, meine Herren, ick habe alle Ausstellungen durchjemacht: die Kunst, die Hunde, det Blech, die Hygjene, det Mastvieh un die Blumen, un ick muß sagen, et jereut mir nich, wenn es ooch 'ne Jewaltsache is, so was der hochselige Herkules 'ne Arbeet nannte. Manchmal wurde't mir zu ville, un wenn ick Abends nach Hause kam, denn wußte ick manchmal jar nich, wo ick gewesen war, un wenn meine Frau mir fragte, wo ick den janzen Tag jestochen hätte, denn schwankte ick zwischen Mastvieh un Hygjene, un zwar so, daß meine Frau mit ihrer jewöhnlichen Bonnhomie sagte: »Nun, Alter, ich merke schon, Du bist süßen Weines voll.« Obschon ick'n Biertrinker bin.

Versäumen Sie es nich, meine Herren, die Ausstellungen bis uf die Nagelprobe zu leeren. Sie werden sich nich blos bilden, sondern Sie finden ooch in jede Ausstellung Jetränk, so ville wie Sie verdragen können.

Kellner, bringen Sie mir noch'n Seidel, det siebente, un erinnern Sie mir denn, daß ick noch'n vorletzten trinken will, aber verjessen Sie't nich.

Wenn et Ihnen nich zu sehr in die Länge zieht, denn will ick Ihnen einen Ueberblick über meine Jenüsse verschaffen, woran Sie sehen werden, was man Allens profitirt, wenn man keene Ausstellung anbrennen läßt.

Vor allen Dingen dürfen Sie keene längere Pferdebahn scheuen, um nach die Kunstausstellung zu machen. Das Wandern is zwar des Müllers Lust, wie derselbe singt, aber't fährt sich besser. In der Kunstausstellung anjekommen, finden Sie da det Bild: »Im Spiel der

Wellen« von Doctor Lassar. Nee, Doctor Lassar is ja der mit die Badeanstalt in der Hygjene, wo man für zehn Pfennige einen warmen Rejen mit Seefe un Handtuch jenießt. Det is jroßartig. Det Bild aber is von Böcklin, der die kostspieligen Wasserlandschaften malt mit Mädchen, die in Karpfen ausloofen, un Männer, die halb beritten sind. Ick brauche Ihnen nich zu sagen, det die beschuppten Mädchen janz entkleidet sind, un wie nu die uf sojenannte Centauern reitenden Männer zwischen sie schwimmen, da is det 'n Brüllen un Jrunzen un Blöken, det man wünscht, man hätte seine Ohren in der Jarderobe abjejeben. Aber Allens, was Recht is: ick habe nie schöneres Rindvieh kennen jelernt. Ick sehe et diesen Oogenblick noch vor mir. Die reene **Carne pura**! Kälber über Lebensjröße un Kühe – Kühe, meine Herren, ick sage Ihnen, wahre Staatskühe, oder wie der Franzose sagt: **Coup d'état**. Un denn dieser Duft! Wenn nich so ville Menschen dajewesen wären, denn hätte ick immer die Nase zwischen die Rosen un Nelken jestochen un würde mir für meine Frau 'ne Masse Blechjeschirr mitjenommen haben. Un nu rechts und links det Jebelle un Jeblasse von die Doggen, Leonberger un Pudel, die leibhaftige Bellalliance, sage ick Ihnen. Det schönste Thier aber hat Albert Wolff ausjestellt, det is nämlich 'n wundervoll jejossener Löwe, der seine Jungen jejen eine Riesenschlange vertheidigt, indem er die Tatze erhebt un nich zuhaut. Diese Jipsjruppe paßt allerdings nich in die Hygjeneausstellung, denn sehr jesund für die Schlange kann doch der Löwe nich sind, aber als Jejenstück zu die unjejipsten Weine von Nier finde ick sie sehr passend.

Kellner, also bringen Sie mir den vorletzten Seidel, aber jeschwind, damit det Bier nich kalt wird.

Wo war ick doch stehen jeblieben, meine Herren? Richtig, in die Blumenausstellung. Un da hat mir besonders die gothische Halle für Leichenverbrennung von Siemens in Dresden sehr interessirt. Da kann man sich jut und billig verbrennen lassen, wenn man det Jeld an sich spendiren will. Die Wittwe kann darauf warten, bis man Asche is, un nimmt dann den jeliebten Jatten in'ner Urne wieder mit nach Hause retour. Det is'n trostloser Jedanke, meine Herren. – Kellner, eenen Jilka! – aber et wird 'ne Zeit kommen, wo wir Alle sagen werden: »Ueb' immer Treu und Redlichkeit bis an den kühlen Ofen!« un daher is et jut, wenn wir uns allmählich daran jewöhnen. Wir leben eben in eine neue Zeit, un det is jut, denn wenn noch die olle jraue Vorzeit wäre, denn jingen wir Alle wie der junge Mann, den ick in eine von die Ausstellungen jesehen habe. Wo, det weeß ick nich, in die Mastblumenausstellung war et nich, ooch nich in die Blechhundeausstellung. Aber jesehen habe ick ihn, et is'n ausjezogener Athener, der ausruft: »*Wir haben jesiegt!*« – Nun bitte ick Sie, meine Herren, wenn wir Alle im Jahre sieb- un einunsiebzig so in Berlin mang die Linden 'rumjeloofen wären un hätten jerufen: »Wir haben jesiegt!« un so ruf uf den ollen Fritzen, wir wären ja zu Dutzenden arretirt jeworden, oder hätten uns doch sämmtlich jejen alle Hygjene erkältet.

Kellner, bringen Sie mir nu den letzten Seidel, denn sonst drinke ick noch eenen, un et is doch Zeit, det man noch wo anders hinjeht, wo et noch was Warmes zu essen jiebt. Denn ick habe heute in der Hundeblumenausstellung, – oder war et in die Mastblechausstellung? – in eine künstliche Volksküche schon um 6 Uhr Abends 5 Portionen à 15 un 3 Portionen à 25 Pfennig zu Mittag jejessen, un da spüre ick jetzt etwas Appetit. Det kommt von der körperlichen Bewegung, von der sojenannten Ausstellungsjymnastik. Meine Herren, machen Sie mir det nach, jehen Sie täglich in jede Ausstellung un loofen Sie in jede zwee Stunden 'rum, det is jesund.

Un nu noch einije Worte. Meine Herren, ick bemerke erst jetzt, det Sie fortwährend den Kopp jeschüttelt un jeschmunzelt haben. Sollte ick die Ausstellungen durcheinander jeworfen un manchmal det Mastvieh mit die Blumen un die Kunst mit det Blech un so weiter verwechselt haben? Det kann ja vorkommen. Ick weeß doch, det ick in die Ausstellungen meinen Jeist jebildet habe. Juten Morjen, schlafen Sie wohl! (Er geht fort.)

Das Jenseits im Diesseits.

Große spiritistische Abendunterhaltung.

Der Spiritist. Meine Damen und Herren, es ist mir gelungen, eine größere Anzahl Geister zu einem Gesammtgastspiel zu vereinigen, und ich habe mich entschlossen, sie auf der Durchreise Ihnen vorzuführen. Es sind meist Anfänger, aber große Talente, Geister, welche der Drang, in die Oeffentlichkeit zu treten, veranlaßt hat, sich mir anzuschließen.

Schneidig. Also Nahrungssorgen scheint nicht das Motiv zu sein.

Der Spiritist. Von Nahrungssorgen kann überhaupt bei Geistern nicht die Rede sein. Im Jenseits giebt es dergleichen nicht. Wer einmal in den heiligen Stand der Verewigung getreten ist, ißt und trinkt nicht.

Forsch. Sagen Sie das nicht, lieber Freund. Wir wissen aus der Mythologie, daß die Götter Nektar und Ambrosia genossen haben.

Der Spiritist. Die Götter wohl, aber die Geister, das weiß ich aus bester Quelle, sind körperlos und haben mit dem besten Willen keinen Hunger zu stillen. Ich werde mir sofort erlauben, Ihnen einige Geister zu citiren. Hier in diesem Tisch –

Muckenich. Det is aber jroßartig. Eben sagen Sie, die Jeister jehen nich zu Tisch, un nu sollen sie drinnen im Tisch sind. Det kann nich stimmen.

Der Spiritist. Das sollen Sie sogleich sehen. Meine Geister, seid Ihr zugegen? (Man hört klopfen. Stimme aus dem Publikum: Herein! Gelächter.)

Schlumper junior. Vater, ick jraule mir.

Der alte Schlumper. Laß das man. Et is ja allens sojenannter Mumpitz, oder, wie der Lateiner sagt, Spiritismus.

Nachbar. Was ist denn eigentlich Spiritismus?

Der alte Schlumper. Spiritismus is, wenn – oder besser: Spiritismus is die Jeisterlehre.

Nachbar. Also wenn Jemand gar keinen Geist hat?

Der alte Schlumper. Nich Leere mit zwei e's, sondern mit'm h. Uebrigens kann et Ihnen Herr Muckenich sagen, der weeß allen Unsinn.

Muckenich. Spiritismus is Bellachini mit'n richtigen Accusativ.

Der Spiritist (hat wieder einen Geist citirt, der geklopft hat).

Der kleine Lehmann. Was war das für ein werther Geist?

Vater Lehmann. Das wird wohl der Geist eines Teppichklopfers gewesen sein, der hat nichts anderes gelernt als klopfen.

Der kleine Lehmann. Der arme Geist, nun muß er wieder den weiten Weg nach dem Kirchhof retour!

Der Spiritist. Verehrtes Publikum, ich schreite jetzt zu dem sogenannten Möbel-Cancan, zu den tanzenden Tischen und Stühlen. Ich lege meine Hände auf diesen Tisch und derselbe wird zu tanzen beginnen. (Es geschieht.) Und nun hebe ich den Tisch empor.

Muckenich. Der Spiritist hat die Tafel aufjehoben, nu können wir wohl jehen.

Forsch. Unsinn, nun geht es doch erst los, wir haben ja noch gar nichts gesehen. Das Bischen Tischrücken und Geisterklopfen kann Jeder, der nur einigermaßen möblirt ist. Das ist etwas ganz Gewöhnliches, es giebt jetzt schon gar keine Wohnung ohne Geisterleitung.

Mohr. Ich halte den ganzen Spiritismus für Schwindel. Ein anständiger Geist wird sich in seinem ganzen Leben nicht dazu hergeben, vom Himmel zu kommen, sich in eine Tischplatte zu stecken und zu klopfen.

Posemann. Sagen Sie das nicht. Wissen Sie nicht, was Hamlet sagt?

Mohr. Ja wohl, er sagt gewöhnlich: Sein oder Nichtsein.

Posemann. Bitte, er sagt: Es giebt mehr Dinge im Himmel und auf Erden, als Eure Schulweisheit sich träumen läßt.

Mohr. Was weiß Hamlet von meiner Schulweisheit? Meine Schulweisheit läßt sich alle Dinge träumen, welche es giebt.

Posemann. Das kann Jeder sagen.

Stimmen. Ruhe! Ruhe! Musik!

Der Spiritist (führt einen jungen Mann vor). Verehrtes Publikum, ich habe die Ehre, Ihnen in diesem Herrn mein Medium vorzustellen. Derselbe erräth Gedanken, sieht Geister, wandelt Nacht, findet Stecknadeln, liest verschlossene Briefe und schläft magnetisch.

Muckenich. Ein Mädchum für Allens.

Fräulein Lehmann. Ein ganz netter Mensch.

Der alte Schlumper. Aha, der baldowert des Ueberirdische aus un steht Schmiere, wenn die Jenseitigen was vorhaben.

Lehmann. Ein Jeistersänger!

Schneidig. Meine Herren, beleidigen Sie das Medium nicht, es hat Ihnen ja nichts gethan.

Der Spiritist. Ich bitte nun vier Herren, irgend ein Wort auf ein Blättchen Papier zu schreiben und das Blättchen zusammenzufalten. Ich werde dann die Zettel auf den Tisch legen, und das Medium wird Ihnen sagen, was Sie geschrieben haben.

Schlumper junior. Papa, die Herren wissen es doch schon.

Der alte Schlumper. Mische Dir nich in überirdische Sachen und passe uff. Siehst Du, das Medium schläft schon.

Nachbar. Es ist allerdings ercklecklich langweilig.

(Der Spiritist hat das Medium in den Schlaf magnetisirt. Mehrere Herren treten an die Bühne heran und bemerken, wie das Medium, das den Kopf auf die linke Hand stützt, mit der rechten die Zettel an sich nimmt, sie liest und wieder zurückschiebt. Nun verbindet ihm der Spiritist die Augen.)

Muckenich. Der Medium mogelt aus'm Schlaf, un nu duht er, als wenn jar nischt vorjefallen wäre.

Schneidig. In meinem ganzen Leben habe ich noch kein Jenseits so diesseits gesehen. Das schlägt dem Faß den doppelten Boden aus.

Lehmann. Dasselbe Kunststück habe ich immer mit Karten gemacht, bis ich wiederholt 'rausgeschmissen wurde. Da ließ ich's.

Schlumper junior. Warum wird denn der junge Mann bestrichen, Papa?

Der alte Schlumper. Det nennt man nich streichen, sondern reiben, der Medium is'n Jeriebener.

(Das Medium schreibt nun die Worte nieder, welche in den Zetteln verborgen sind, sie lauten: *Taschenspiel. Reinfall. Blendwerk. Unsinn.*)

(Allseitiger ironischer Beifall.)

Der Spiritist. Verehrtes Publikum, das Medium wird jetzt sein Erstaunlichstes leisten, ich erbitte mir von den Damen mehrere Handschuhe, (er sammelt solche ein) und das Medium wird mit verbundenen Augen die Eigenthümerinnen herausfinden.

Schneidig. Das Medium wird sich hüten.

Lehmann. Det kenn' ick. Wenn er nich die Richtige herausmediumt, denn sagt er: Verklagen Sie mich! oder: Na, denn wird et wohl 'n anderer Handschuh sind!

Der Spiritist. Ich muß wirklich bitten, Bemerkungen zu unterlassen, die nur die Verbindung mit der Geisterwelt unterbrechen.

Der alte Schlumper. So'n Jeist is wie'n Pferdebahnwagen: Wenn was uf die Schienen liegt, denn stoppt er. Na also: Wo is die Katz'?

(Das im Zuschauerraum herumgeführte Medium hat mittlerweile zwei Handschuhe ihren vermeintlichen Eigenthümerinnen zurückgebracht.)

Die eine Dame. Das ist nicht der meine. Mein Handschuh hat drei Knöpfe und ist Nummer 6½.

Schneidig. Er hat keine sechs Finger, sonst stimmt nichts.

Die andere Dame. Und das ist auch der meine nicht. Ich habe doch nicht zwei linke Hände! (Es finden sich die richtigen Handschuhe, die ausgetauscht werden. Zischen im Publikum.)

Der Spiritist. Ich danke dem verehrten Publikum für die freundlichen Zeichen des Beifalls und schließe hiermit die Vorstellung.

(Neues Zischen.)

Muckenich (zu dem Spiritisten). Lieber jenseitiger Bruder, ick werde Ihnen einen juten Rath jeben. Schaffen Sie sich bessere Jeister an, Jeister erster Jüte. Mit Ihrem Jeisterpersonal is nischt zu machen. Wenn't die richtigen Onkels wären, denn hätten sie Ihnen jesagt: »In Berlin blamirst Du Dir!« Ick werde Ihnen etwas vorschlagen. Fangen Sie'n Handel mit Holz un Kohlen an, der Artikel jeht jetzt. Mit Spiritismus is hier nischt zu machen. Topptopp!

(Das Publikum entfernt sich sehr unzufrieden.)

Bei den Kalmücken.

Muckenich. Wo sind denn die Kalmücken? Ick will für 'ne Mark Kalmücken sehen, oder ick werde unanjenehm. (Er wird an das Gehege gewiesen.) Nanu, det sind ja lauter Kameele. Ick dachte, die Kalmücken sind Menschen.

Ein Zuschauer. Das sind sie allerdings. Die Kameele gehören zur Truppe. Die Männer und Frauen sind weiter unten.

Muckenich. Richtig, da sitzen sie un singen un Eener tanzt. (Er tritt der Gruppe näher.) Die führen ja ein janz anjenehmes Dasein. Wenn Hagenbeck noch eenen brauchen könnte, denn möchte ick mir wol als Kalmücke engajiren lassen.

Junge. Un alle roochen, ooch die Jungens un die ollen un jungen Kalmückinnen.

Muckenich. Na natürlich. Det is jejen die Mücken, die die Kalmücken ja nicht los werden. Donnerwetter, paffen die 'ne Sorte! Det scheint mir det berühmte Kumyß zu sind.

Herr Puschel. Kumyß ist ein Gemisch von Stutenmilch und Wasser, dies habe ich selbst gedruckt gelesen, Sie können sich also darauf verlassen.

Muckenich. Mit Verjnüjen. Aber der Kalmückentanz is, unter uns gesagt, der sojenannte Unsinn. Wenn die für so'n Ballet 'ne Mark Entrée nehmen, dann müßte ja Flick und Flock so theuer sind, daß selbst Bleichroeder sich blos Flick erlooben könnte.

Frau Puschel. Sie scheinen ein Kenner zu sein.

Muckenich. Natürlich, ick kann uf Allens räsonniren. Zeijen Sie mir, was Sie wollen, Madame, un ick finde Fehler raus.

Fräulein Puschel. Wie gefällt Ihnen denn das schwache Kalmücken-Geschlecht?

Muckenich. O, die sind bildhäßlich, da muß man jerecht sind. Wenn mir Eener im Wirthshaus son Jesicht schneidet, wie die haben, denn lasse ick mein Essen stehn un jeh' 'raus. Sehen Sie bloß die Nasen, die sie nich haben!

Herr Puschel. Das ist der mongolische Typus.

Muckenich. Da habe ick ja nischt jejen. Ick weeß nicht, wat Typus is, et is jewiß 'ne schöne Sache, aber wenn der mongolische Typus die Nasen verbietet, denn kann er mir jestohlen werden. Ein Volk ohne Jurke sollte sich in Berlin nich ausstellen lassen.

Fräulein Puschel. Sie sind aber ein strenger Mann.

Muckenich. Natürlich, mein Schwiegersohn hat'n Taschentücherjeschäft, un wer keene Nase hat, den halte ick für meinen Feind, der mir persönlich beleidigen will. Spielen Sie Karten?

Fräulein Puschel. Bedaure, nein.

Muckenich. Na also, wer so *renongs* in Nase is wie der Kalmücke, der sollte ooch nich so'n Rieselfelder-Taback roochen, wenn Menschen dabei sind, die 'ne Nase haben. Wer keener Nase sich erfreut, der soll ooch juten Taback roochen.

Ein Zuschauer. Ja, wer auch nur *eine* Nase
Sein nennt auf dem Erdenrund!
Und wer's nie gekonnt, der blase
Keinen Qualm aus seinem Mund.

Muckenich. Janz meine Ansicht. Sehen Sie doch den Kalmuckenich mit dem langen rothen Rock –

Herr Puschel. Das ist ein *Gelong*.

Muckenich. Det dachte ick mir jleich. Was is denn ein Gelong?

Herr Puschel. Ein Gelong ist ein Priester. Derselbe hat die bessere Wohnung, bekommt das beste Essen und dreht die Gebetmühle. Wem die Priester zwei Tropfen aus dem Fläschchen, das sie im Gürtel tragen, auf die Hand schütten, der wird in den Stand einer geweihten Person versetzt.

Muckenich (zu dem Priester). Was kostet denn det? (Der Priester sieht ihn kopfschüttelnd an.) Ick meene, Hochwürden, was

Sie haben wollen, wenn Sie mir in den jeweihten Stand versetzen. (Der Priester bleibt stumm.)

Ein Zuschauer. Er versteht Sie nicht, er scheint hier fremd zu sein.

Muckenich. Ick werde hochdeutsch mit ihm reden, er versteht vielleicht den Berliner Jargon nich. (Zu dem Priester.) Ich habe mir erlaubt, Herr Steppenpastor, Sie zu fragen, zu welchem Preise Sie mich gefälligst heilig machen würden. Verstanden? (Der Priester entfernt sich.)

Herr Puschel. Nun geht er in die Kibitke.

Muckenich. Schade, ick hätte jerne noch 'n Bisken mit ihm jeplaudert. Et is doch sehr belehrend, mit fremde Völker zu verkehren. Das is doch mal 'ne Abwechselung. Immer mit Berlinern umzujehen, det wird einem doch auf die Dauer zu lang. Aha, jetzt wird jeritten.

Der Zuschauer. Wie sie dahinsausen!

Fräulein Puschel. Jetzt reiten sie zu Bett.

Muckenich. Det heeßt, 'n Kunststück is det nich. Jeroocht un jeritten wird in Berlin ooch. Von fremde Völker will ick doch was Neues sehen. (Er redet einen Kalmücken an.) Sie oller Kalmücke, ick werde Ihnen einen juten Rath jeben. Jehen Sie mal in Berlin rum un sehen sich die Stadtbahn, det elektrische Licht, det Panorama, die Jymnasien un die Ausstellungen an un denn rechnen Sie aus: Wenn Sie hier 'ne Mark Entrée nehmen, was müssen denn die Berliner fordern? Un wenn Sie det Exempel rauskriegen, denn lassen Sie ihre Heiligen die Gebetmühle drehen, bis sie nich mehr jeht, denn dann können die Kalmücken mehr wie Hammelfleisch essen. Na, Adieu, verjnüjte Steppenwanderung!

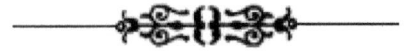

Eine Candidatenrede.

(Vorläufig noch Manuscript.)

Mitbürjer!

Et könnte ja so aussehen un sieht ooch am Ende so aus, det ick aus Ejoismus mit aller Jewalt mang die Stadtverordneten will. Aber Ejoismus liegt mir so fern wie Tonking oder Warnemünde. Was mir veranlaßt, det Rednerpult zu erjreifen un Sie um Ihre Stimme zu bitten, det is erstens det Wohl der Stadt, zweetens meine Jattin, die mir nich hoch jenug steijen sehen kann, un drittens, weil ick noch'n Paar Stunden in der Woche frei habe, die ick jerne mit Jesetzjeben ausfüllen möchte.

Mitbürjer! Ick komme jetzt zu meinen Jejenstand. Jejenstand heeßt ja eijentlich Jeliebte. Darum jrade sage ick Jejenstand. Denn die Metropole is meine Jeliebte. Wenn Bismarck die jroßen Städte nich jerne hat, sondern im Jejentheil denselben die Corpulenz nehmen un sie deresidenziren möchte, so is det der eenzigste Punkt, wo ick dem jroßen Staatsmann nich unterstützen kann. Er kommt wohl ooch allmälig dahinter, det et sehr leicht jesagt is: »*Schweninger*, nehmen Sie mir mal meine Corpulenz!« Aber det jeht nich so geschwind. Was mal jroß un jewaltig is, det läßt sich nich so leicht kleen machen wie'n Dhaler, un wie ick höre, hat er ooch schon seinen Hausarzt aus Berlin kommen lassen, weil er im Jejentheil Schweninger dick bekommen hat. Also, Mitbürjer, Berlin kann nich wieder Fischerdorf werden un wenn wir uns uf'n Kopp stellen, sondern wir haben Allens zu thun, damit die Stadt immer jrößer un immer asphaltirter un elektrisch beleuchteter wird. Dies is mein Projramm, von dem ick nich abjehe.

Is det aber 'n Projramm? frage ick Sie. Nein, Mitbürjer, det is noch jar keens. Det is ein Miniatur-Projramm, det is 'n einaktiges Projramm, womit man keenen Wähler aus'm Ofen lockt. Mit'n Mundvoll Asphalt un'n Paar Kilojramm Jlühlicht bilde ick mir nich in, det ick'n Stehplatz im Rathhaus kriege un'n Sitz nu erst recht nich. Nee, meine Mitbürjer, det muß noch viel besser kommen. Un was Ihnen die reactionären Herren versprechen, det langt mir noch lange nich. Da würde ick mir ja schämen, Tausende oder jar Hunderte von

Mitbürjern in allen Jrößen nach'm Lokal hinzubemühen und sich polizeilich überwachen zu lassen, bloß um det Bisken versprechen zu hören. Det finde ick, unter uns jesagt, knotig.

Mitbürjer, keene Steuern, det is noch nich jenug. Da fange ick lieber jar nich erst an. Ick will, det jeder Bürjer ohne Unterschied des Jeschlechts die Stadtkasse inschätzt un sie besteuert un det ihm der Betrag in monatlichen Raten in's Haus jebracht wird. Die Bürjer sind lange jenug besteuert jeworden, un muß ooch mal der Fiscus dran, der sich immerzu von unserem Jelde jemästet hat, det er eijentlich jeden Sommer nach Karlsbad jeschickt werden müßte.

Ick verlange ooch Schulen mit freies Entree. Keen Schuljeld mehr, meine jeliebten Mitbürjer, det is selbstverständlich. Aber damit bin ick noch nich zufrieden, ick will ooch freie Bücher un Tornister un für die Kinder jeden Morjen freies Frühstück in die Trommel. Der Primaner muß Jehalt haben un, wenn er im Examen durchfällt, Pensionen, damit er mit Vater un Mutter vor Noth jeschützt is, dajen müssen kinderlose Eltern, die also keenen Nutzen von diese Nassauerei haben, in anjemessener Weise entschädigt werden.

Mitbürjer, die Hundesteuer muß fallen! Ick werde die Stadt verhindern, jeden Hund auszusaugen un sich von den Hundemarken zu mästen. Det Pudelchen des armen Mannes, der Pinscher der jreisen Jungfrau darf nich vertheuert werden! Der Maulkorb muß ufhören, oder höchstens vom Hundebesitzer über'n Arm jedragen werden. Und wer sich einen Cesar oder 'ne Minca wünscht un hat nich det nöthige Jeld, der muß von der Stadt seinen Hund jeliefert kriejen.

Die Pferdebahn, meine Mitbürger, soll verstadtlicht werden und muß Jeden kostenfrei befördern. Denn wir können nischt dafür un et is ins Jejentheil Schuld des Majistrats, det die Stadt so furchtbar anjewachsen is. Da muß ooch dafür jesorgt werden, det der Bürger nich darunter zu leiden hat. Sonst hört Allens uf. Berlin hat sich schon in Bachem's Volksmund den Kosenamen Wasserkopp zujezogen, Andere nennen et Millionenstadt, Metropole, Häusermeer und lejen ihm andere Schimpfworte bei, die ick nich wiederhole, weil mir hier am Rednerpult der nöthige Raum fehlt. Det kommt von der verdammten Jröße Berlins. Entweder also Berlin wird wieder injeschrumpft, oder der Berliner muß umsonst fahren. Wenn der Berliner bei die doppelten Touren, die er zu loofen hat, die Zeit vertrödelt und die Stiefel runjenirt, denn nutzt et ihm nischt, det unsereener die Steuern abschafft.

Mitbürjer, ick verlange noch und werde dafür wirken, det die nothwendigsten Lebensmittel möglichst wenig Jeld verschlingen. Brod, Pilsener, Eier, Petroljum, Panorama, Jemüse, Zoologischer Jarten, Butter, Mehl, Bilse, Würste, Salz, Velocipeden, Käse, Cijarren und Telephöne müssen entweder wenig, oder noch etwas weniger kosten, det verspreche ick!

Is Ihnen det nu noch nich jenug, meine verehrten Mitbürjer, so bitte ick, keen Blatt vor den Mund zu nehmen. Ick bin entschlossen, Allens, was man verlangt, zu versprechen, un wenn ick noch 'ne Stunde hier stehen müßte. Wenn Sie mir aber dann nich in die Stadtverordnetenversammlung wählen, nun, meine Mitbürjer, diese Jemeinheit traue ick Ihnen vorläufig noch jar nich zu!

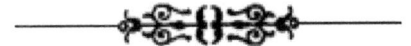

Erlebnisse am Wahltage.

Meine Herren! Ick kann Ihren Jubel nich theilen, ooch nich, wenn ick mir uf'n Kopp stelle. Et is ja anjenehm, det die Liberalen überall jesiegt haben, un det sich bloß 'ne Handvoll Pickenbäche in's Rathhaus, oder wie unsere Jegner sagen, in's Rothhaus erjießen werden. Na ob. Aber mir persönlich kann det, wie jesagt, nich veranlassen, in Ihren Jubel einzustimmen. Denn ick wurde überall, wo ick meine vornehmste Pflicht als Bürjer vollstrecken wollte, so schlecht behandelt, det ick sagen muß: So übel zujerichtet bin ick noch in meinem janzen Leben nich jelyncht jeworden.

Kurz un jut, wo ick mir zeigte, war ick der Jejenstand eines Jemetzels.

Sehen Sie meine Jarderobe an. Sie is neu. Ick habe sie mir nach dem letzten Jedicht der joldenen Hundertzehn jekooft, un die olle is derartig zerrissen, det meine Jattin erklärt hat: Aus Rock, Hose, Weste un Hut zusammenjenommen kann für unsern Jüngsten nich mal 'ne Wintermütze herjestellt werden. Un da soll ick mir über den Sieg des Liberalismus freuen?

Ick weeß nich mehr, war't der dritte, oder der zweete, oder der erste Wahltag. Ick hatte mir zum Wählen anjezogen un war vom Hause wegjejangen. Da fiel mir ein: Du wirst heute den janzen Tag mit der Neubildung der Stadtverordneten beschäftigt sind, Du solltest also vorher zu jleicher Zeit frühstücken, Mittag un Abend essen, dann hast Du's aus'm Kopp. Ick setze mir also wo fest und esse was und drinke dazu in 'ne halbe Stunde zum Frühstück etliche Madeiras, zum Mittag 'ne Flasche Rothwein und zum Abend vier Seidel Bier, und dann mache ick mir an's Wählen. Meine Herren, un da habe ick Berlin von einer Seite kennen jelernt, die jar nich mehr Seite jenannt zu werden verdient.

Wenn ick dieselbe der Oeffentlichkeit überjeben würde, so würde meine Vaterstadt vor dem Ausland in 'n übles Licht kommen, un deshalb unterbleibt es.

Wissen Sie was, meine Herren? Wenn ick Jott weeß was bejangen hätte, so konnte 't mir nich schlimmer jehn.

Wie ick am andern Morjen nach Haus komme un meine Jattin fragt mir: Na, Muckenich, wie war's? Wissen Sie, meine Herren, was ick antworten mußte? Ick sagte: Liebes Kind, wenn ick die Araukaner bestohlen hätte un die Synagoge in Stettin anjestochen, dann wäre ick mit heilere Haut davonjekommen. Un damit zeigte ick ihr meine Beulen un Hautabschürfungen. Jesammtsumme dreizehn! 'ne Unjlückszahl!

Also in der Straußbergerstraße, Jemeindeschule. Ick halte eine kurze Anrede. »Mitbürjer,« sage ick, »ick wähle den Mann, der aus dem Innersten heraus spricht un dessen Wahlspruch is: Eener für Alle, ick wähle den Bauchredner Lieutenant Walter Cole aus die Reichshallen!« Meine Herren, ick habe in Jemeindeschulen schon Manches erlebt, aber so was wie in diese doch noch in meine janze Jugend nich. Ick flog förmlich unter den Schutz der Jesetze, uf eenen Schutzmann zu, der mir mit blanker Faust in Sicherheit brachte. Da stand ick nu un besah meinen ersten Schaden. Det also war die Ausübung der vornehmsten Bürjerpflicht? fragte ick mir.

Aber die Zeit drängte, jeden Oogenblick konnten mir die Wahlakten vor der Nase zujeschlagen werden. Ick eile also in die Pallisadenstraße, wo in's Friedrich-Wilhelms-Hospital die feierliche Handlung der Wahl stattfand. Meine Herren, det war nich feierlich. Ick dränge nur durch un sage: »Mitbürjer! Wir haben als Hauptstadt einen Mann zu entschädigen, der in Paris uf's Tiefste mit Koth beleidigt worden is, weil er in Deutschland ausjezeichnet wurde. Wählen Sie Alfonson zum Stadtverordneten, denn die Stadtverordneten sind Ihre Ulanen, un –«

Meine Herren, was nu jeschah, wird mir ewig unbejreiflich bleiben. Die Antwort uf meine jehaltvolle Rede erfolgte in Volapük, in der Weltsprache, die alle Menschen von Jefühl verstehen, nämlich in Haue. Et war dies die unbeliebte Sorte der Wanderhaue, indem man sie unterwegs beim Rauswerfen kriegt. Ick war so zujerichtet, det ick am liebsten in dem Friedrich-Wilhelms-Hospital jeblieben wäre, det können Sie mir jloben, aber einmal draußen, danke ick Jott, det ick, mit blauem Ooge förmlich bedeckt, meine Wahlpflicht weiter jenüjen konnte.

Also nach der Keibelstraße in die Jemeindeschule. Hier herrscht uf allen Stufen ein jroßer un alljemeiner Widerwillen jejen die Miethssteuer, und ick erjriff daher det erste beste Wort und sagte: »Mitbürjer, wählt Antoine!« Keener wußte, wen ick meinte, bloß Eener, der mir für anjerissen hielt, schien mir zu verstehen. Ick fuhr also fort: »Mitbürjer, Antoine is jener Metzer, der nich bloß Deutschland, sondern ooch Berlin vom Erdboden, respektive vom Erdball rasiren möchte. Jeben Sie diesem Rasör Ihre Stimme, und er wird natürlich alle Steuern ufheben, denn nur uf diese Art kann Berlin wieder Unweltstadt werden und sich allmälig unter det frühere Fischerdorf herabschwingen. Wählen Sie Antoine un nich Häseke!«

Kaum hatte ich diesen Häseke über meine Lippen, als mir die Umstehenden in den Nothwehrstand erhoben und mir so förmlich raustrugen. Pünktlich wie immer folgte mir mein Hut uf dem Fuße nach, un da ooch der Schutzmann kam, so beeilte ick mir, die Turnhalle in der Jormannstraße zu erreichen, wo jleichfalls ein Wahlakt vor sich jing.

»Mitbürjer«, sage ick, wie die Thür mit mir in's Haus fällt, »Mitbürjer, wählen Sie Edison. Dieser Mann erfindet zu ville, det muß ufhören. Er hat die elektrische Jasanstalt erfunden, un Berlin is dadurch in jroße Ausjaben jestürzt. Am Ende erfindet er noch was, un Berlin muß abermals mit Jeld rausrücken, um sich zu verschönern. Mitbürjer, det geht nich. Wählen Sie den Mann in det rothe Schloß rin, machen Sie ihm zum Stadtverordneten, un denn hat er zum Erfinden keene Zeit mehr. Mitbürjer, wählen Sie Edison völlig brach un retten Sie so Berlin!«

Nu hatte ick weiter nischt zu dhun, sondern bloß zu sehen, wie ick 'raus kam. Meine Herren, nie in meinem Leben stelle ick wieder Jemand in eine Turnhalle uf. Wie sie mit mir rausturnten, da spotte ick jeder Beschreibung. Ick kann nur sagen: Dem alten Jahn hätte det Herz im Leibe jelacht, wenn er det jesehen hätte. Ick persönlich fand et nich zum Lachen, sondern vielfach empörend. Erst machten sie mit mir 'nen Dauerlauf un zu juter Letzt, was man so juter nennt, war ick det Opfer einer jroßen Welle. Da lag ick.

Meine Herren, hier will ick abbrechen. Möge et unserm allverehrten Puttkamer nie wieder infallen, 'ne conservative Stadtverordnetenversammlung aus der Erde zu stampfen. So was stampft sich

nich. Die Berliner Bürjerschaft jeht nich uf'n Leim. Wenn ick überhaupt noch Lust hätte zu singen, wie ick sie nich habe: ick, meine
Herren, könnte een Lied davon singen!

Für den freien Sonntag.

Blaue Montagsrede im Bezirksverein.

Meine Herren! Et is 'ne brennende Frage, in die ick det Wort erjreife. Denn die Eenen sind für den Schweiß des Anjesichts und die Anderen für det Bärenfell, aus dem die Faulpelze jemacht werden, un so jehen Alle auseinander un Keener weeß, wie der Sonntag jefeiert werden soll. Die Eenen wollen Morjens die Hände in den Schooß lejen un sie vor Abends nich wieder rausthun, die Anderen wollen den janzen Tag halb dem Mammon un halb dem Momus nachloofen. Meine Herren, ick schließe mir an die Männer an, die den Sonntag streng nehmen. Denn wie et in jede jute Bibel heeßt: Sechs Tage sollst Du arbeeten, aber am siebenten sollst Du ruhn. Ick kann mir diese Vertraulichkeit nich erlooben, dazu sind Sie, meine Herren, nich bekannt jenug mit mir, aber ick will Ihnen doch zurufen: Sechs Tage sollen Sie arbeeten, aber am siebenten sollen Sie jefälligst ruhen. Wenn Sie andere Meinung sind, denn, meine Herren, haben Sie sich den Rückjang der Sittlichkeit un die Vermehrung der Verbrechen selber zuzuschreiben.

Aber, meine Herren, Sonntagsfeier un Sonntagsfeier is'n Unterschied. Wenn ick feiere un lasse die Anderen vor mir arbeeten, denn is meine Feier 'n sojenanntes Zerrbild un keenen Schuß Brausepulver werth, von Schießpulver jar nich zu reden. Damit thut Keener dem Himmel keenen Jefallen, damit kommen wir nich zur Verminderung der Ein- und Ehebrüche, der Trunk- und Verjnüjungssucht, der Spiel- und Anklagebänke. Nein, meine Herren, Sie müssen so feiern, dat ooch die Anderen ihren Sonntag halten können.

Wenn Sonntag früh mir mein Dienstmächen det Waschwasser hinstellt, denn ärjere ick mir schon, denn ick sehe det arme Mächen im Jeiste zweemal die vier Treppen steigen, um mir Wasser jeholt zu haben. Denn kommt der Kaffee mit Semmel un Zeitung. Wat folgt daraus? Die Köchin, der Bäckerjunge, der Colporteur hat keenen Sonntag, weil ick'n Kaffeeschlemmer, 'n Semmeljurrmang un'n unmäßiger Zeitungsleser bin. Da kann sich, wie Schiller sehr richtig singt, keen Jebild jestalten. Da muß jedes sittliche Jefühl sowohl drunter, als ooch drüber jehn. Wenn denn die Zeitung jelesen is, denn jehe ick zum Barbier. Is det nich schändlich? Soll denn der

Barbier keenen Sonntag haben? Kann ick nich unrasirt rumloofen? Hat Jott uns den Bart jejeben, det wir dem Rasör, respektive dem Barbier ooch am Sonntag det kalte Messer in die Hand drücken? Da jeben Sie sich jefälligst selbst die Antwort, meine Herren.

Kaum bin ick rasirt, denn erwacht in mir der alte Adam, det heeßt, ick jehe dem Verjnüjen nach. Det finde ich jelinde jesagt, jemein. Denn nu, meine Herren, können 'ne Masse Menschen nich feiern. Denn wenn ick uf die Pferdebahn ruffpringe, denn muß sie doch fahren, un wenn ick wo hinkomme, denn müssen doch Jarzongs oder Biermamsells vorhanden sind, um mir den Bauch voll-zuschlagen. Die können also ihren Sonntag nich halten. Un wenn ick denn mit andere Jäste in Thätlichkeiten ausarte, denn muß doch'n Schutzmann am Thatort zur Stelle sind, um uns zu verhaf-ten. Der arme Schutzmann kann also ooch keenen Sonntag halten. Aber wie schön wäre't, wenn ick Abends in's Theater komme un et is jeschlossen un ick kehre unbefriedigt wieder um un sage mir: Nu liejen die Schauspieler un Sänger un Balletmitjlieder uf'n Sopha un ruhen sich von den Musen aus.

Ja, meine Herren, det wäre der wahre Sonntag, un wenn ick denn nach Hause fahren will, denn muß da keene Droschke keener Klas-se stehen. Den Hausschlüssel habe ick leider verjessen, aber weit un breit keen Nachtwächter vor Zwölf. Denn der Kutscher un der Nachtwächter muß ooch wissen, det Sonntag is. Besonders wenn mir der Nachtwächter am Sonntag ufschließt, denn dreht sich mir der Schlüssel im Leibe rum. Nein, meine Herren, am Sonntag will ick ausjesperrt sind, et koste, wat et wolle. Un wenn heute Sonntag wäre un Sie wollten mir nu nach die Schariteh bringen, denn muß man mir nich ufnehmen, weil die Wärter am Sonntag keenen Men-schen bändijen wollen. So muß et sind, meine Herren, sonst jehen wir in die traurigste Zukunft!

Muckenich's Fenster.

Aus den 1881er Einzugstagen.

Liebe Rieke!

Wenn ick Dir doch man jefolgt wäre! Du sagtest zu mir: »Bleibe in Starjard, Aujust, ick kenne meinen Bruder, er sieht die janze Welt durch die Trinkjläser an, un besonders jetzt, wo das Trunkjesetz heranschwankt, da wird er die Zeit noch benutzen un aus dem vorletzten Jlas jar nich rauskommen.« Ick hörte nich, ick sagte bloß: I wo! Ein Einzug kommt nich alle Dage vor, un Muckenich schreibt, er hat ein Fenster, un ick solle als Schwager dieses Fenster nicht unbenutzt vorüberjehen lassen, un er wollte uf'n Nordbahnhof sind un mir in Empfang nehmen. Un so fuhr ick ab.

Heute sage ick Dir: Eenmal zur Vermählung des hohen Paares nach Berlin unnichwieder! Dabei bleibt es, denn wat ick Allens nich jesehen habe, davon könnte ick ein Buch füllen.

Ick werde von vorn anfangen, obschon mir die Kraft dazu fehlt.

Muckenich war uf'n Bahnhof. Wie ick aus dem Waggon springe, sehe ick schon, wie Muckenich mehrere fremde Herren umarmt un küßt un dabei schreit: »Det is hübsch, det Du endlich kommst. Nee, hast Du Dir verändert! Na, nu man flink nach's Fenster, die Schlächter un die Postillone stehen schon jesattelt am kleinen Stern!« Die fremden Herren rufen nach'n Schutzmann, un wenn ick nich dazwischentrete un sage: »Entschuldigen Sie, meine Herren, diese Küsse haben mir jejolten, mein Schwager Muckenich is uf Hochzeiten immer so!« denn säße er jetzt in Plötzensee, wo er am tiefsten is, un det wäre jar keen Unjlück jewesen.

Denn Muckenich sagt nu zu mir: Aujust, sagt er, warum hast Du denn Deinen Doppeljänger mitjebracht? un es stellte sich heraus, daß er schon so früh in dem beliebten Zustand des Dubelwüh war un doppelt sah. Un nu ließ er es sich ooch nich nehmen, det ick nich alleene, sondern zu Zweien war, sondern redete mit mir bis zu diesem Moment immer per: Ihr, oder: Meine Herren! oder: Meine lieben Schwagersleute! un *euchte* mir ohne Unterbrechung.

Vor dem Bahnhof sagt er: Ihr habt noch jar keene Eile, wir wollen uns erst'n Bisken in der Stadt umsehen, denn der Ruderklub is noch nich mal beritten un die Rüdersdorfer Bergleute ooch nich. Außerdem höre ick, daß sich die Antisemitenliga noch jar nich ufjestellt hat, weil ihre Fahne nich fertig jeworden is. Ihr habt jewiß Durst –

Nee, Muckenich, sage ick. Lasse uns man machen, daß wir an Dein Fenster kommen.

Ooch das, ruft er. Wenn Ihr so'n Durst habt, da jiebt es ja Mittel jejen. Kommt hier mit rein, hier jiebt es einen billigen Wein, Ihr findet in janz Starjard keen so jutes Bier.

Un da saßen wir Drei nu, nämlich er un ick, un tranken 'ne Pulle. Wie sie alle war, sagte er, det langt für drei Personen nich un bestellt die zweete Flasche, un denn die dritte, denn er meinte, uf zwee Beene kann man nich stehen, un det war richtig, denn det konnten wir wirklich nich. Denke Dir den Zustand, Rieke!

Draußen sagte Muckenich zu mir: Ick würde nu mit Euch nach's Panoptikum jehen, damit Ihr mal den jrößten Drasal der Welt seht, aber ick höre, der hat sich untern Linden ufjestellt un seine Schultern Stück vor Stück für 20 Mark vermiethet.

Det is Unsinn! rufe ick ihm uf'n Kopp zu.

Da wird er böse un murmelt: Ihr behandelt mir ja wie die Hauswirthe den Miether, det lasse ick mir nich jefallen. Unsinn sagt Ihr zu mir? Ihr sollt jleich hören, det des keen Unsinn is. Der Wirth weeß es.

Wie wir nu wieder bei der Flasche sitzen, un der Wirth sagt ooch, die Jeschichte wäre 'n Unsinn, da dreht mir Muckenich den Drasal im Munde rum, un ick muß die zwee Flaschen bezahlen, un er sagte zu mir: Ihr habt mir was weiß machen wollen un habt janz officiös jelogen, un wenn Ihr noch lange was dajejen habt, denn jeh ick jar nich mit Euch an's Fenster und Ihr könnt Euch das Brautpaar und die andere Innungen un Korporationen vom Brandenburger Thor aus ansehen.

Hätte ick det doch man jethan! Aber nu setzte er sich mit mir in 'ne Droschke, det heeßt der Kutscher mußte uns rinheben, un nu jing et zu Hause nach die Jneisenaustraße. Immer stiller wurden die

Straßen, immer weniger Menschen waren zu sehen, et war so zu sagen unheimlich, un ick war froh, wie wir endlich bei Muckenich ans Fenster saßen. Un da saßen wir nu bei 'ner Hundekälte, denn das Fenster war offen. Ick sage also: Nee, Muckenich, det is ja ein jräulicher Zug, der is jar nich auszuhalten.

So seid Ihr Leute aus die Provinz, sagte Muckenich. Nischt is Euch schön jenug! Nu jefällt Euch nich mal dieser jrandiose Zug!

I, äußerte ick bescheiden, den Zug meine ick ja jar nich, von dem habe ick ja noch keene eenzige Nationalhymne gehört. Sieh doch blos diese Leere, da jeht ja keen Mensch!

Ja, sagte Muckenich, det sind die Hutmacher. Die haben beschlossen, sich nich zu betheiligen.

Da müssen ja in Berlin eine unjeheure Masse Hutmacher sind, rief ick aus, denn in der janzen langen Straße is keen Mensch zu sehen.

Muckenich kuckte raus un rief: Da habt Ihr Recht, ick sehe, so weit mein Ooge reicht, nur Hutmacher, die sich ausjeschlossen haben.

Nach un nach wurde mir Allens klar, aber wie mir Allens klar jeworden war, da waren wir Beide längst einjeschlafen, un wie wir wieder ufwachten, da war et dunkel, un ick hatte mir so erkältet, det ick bis heute noch nich wieder aus dem Bett jekommen bin.

Muckenich macht mir immer Punsch, wobei er sagt, ein wahres Jlück, daß Ihr erst nach die Einholung krank jeworden seid, denn et hätte mir sehr jeärjert, wenn Ihr die versäumt hättet. Un denn drinkt er den Punsch selber.

So wie ick wieder jesund bin, liebe Rieke, komme ick nach Hause, un denn kriejen mir keene zehn Pferde wieder zu diesem Fest nach Berlin! Dieses schwört Dir, liebe Rieke,

Dein fortwährend niesender Jatte
Aujust.

In der Heraldischen Ausstellung.

Muckenich und sein Sohn *August* treten ein.

Muckenich. Ick dachte: Kinder die Hälfte, un denn hätte ick Dir
den Jenuß für'n viertel Hundert Pfennig bereiten können. Et
war aber nich, ick mußte Dir als alt verzollen un habe funfzig
Pfennig für Dir jeben müssen. Nu seh Dir ooch Allens jründ-
lich an, Aujust, sonst is det Jeld wegjeschmissen.

August. Wat heeßt denn *heraldisch*, Vater?

Muckenich. Heraldisch, det weeßt Du nich?

August. Nee, wie soll ick'n det wissen!

Muckenich. Heraldische Ausstellung is 'ne Ausstellung, wo Allens
zu sehen is, wat heraldisch is.

August. Det habe ick mir jleich jedacht.

Muckenich. Aber nu halte Deinen Skobelew, sonst siehste immer
mir an un nischt von det Ausjestellte. Det hier is zum Beispiel
'n Stammboom. Fürsten, Ritter, Jrafen un andere Männer, die
nich so niedrig wie wir jeboren sind, sondern denen ein blaues Von durch die Adern rollt, stammen nämlich von Ahnen
ab, was man Vorfahren nennt.

August. Wie die Droschkenkutscher erster Classe?

Muckenich. Nanu!

August. Ick meene man, weil bei die ooch immer von Vorfahren
jesprochen wird.

Muckenich. Du bist'n sojenannter Esel, denn Vorfahren un Vorfahren is doch'n Unterschied. Hier also is'n Stammboom, den
der jewöhnliche Wald- und Wiesenbürjer nich hat, weil er
nich von einem alten adeligen Herrn jeboren is.

August. Stammen wir denn nicht alle von Adam ab?

Muckenich. Et is verschieden. Adam zerfällt nämlich in zwei Thei-
le. Bis zum dritten Kapitel lebte er im Paradies wie ein Jott in

Frankreich, legte die sämmtliche Hände in den Schooß und so zeugte der den Adel, hierauf wurde er ausjewiesen un mußte sich im Schweiße seines Anjesichts ernähren, un da wurde er der Stammvater der unteren Steuerstufen, der Enterbten, kurzum der Bürjerlichen, die allerdings geadelt werden können, aber ooch erst nach harter Arbeit un nach vielen Kosten, oder wenn man ein Dichter wie Schiller is, was aber selten vorkommt. Dajejen kann der Adelige bürgerlich werden, wenn er sich eines Verbrechens schuldig macht, wo er denn ein Von kürzer jemacht und zu lebenslänglichem Bürjerthum verurtheilt wird.

August. Vater, sieh mal die eiserne Uniform.

Muckenich. Det nennt man einen Harnisch. Die alten Ritter jeriethen in ihrer Jugend leicht in Harnisch, un dann war ihnen nich beizukommen, weshalb man sie Eisenfresser nannte.

August. Fraßen sie denn ihre Rüstungen?

Muckenich. Unsinn, man nannte sie blos bildlich so, Eisen haben sie nich jejessen.

August. Nich? Du sagst aber immer, unsere Armeen verschlingen einen jroßen Theil der Steuern, Vater, warum nennst Du denn unsere Soldaten nich Joldfresser?

Muckenich. Willst Du mal nich so laut reden, Junge! Weeßt Du denn nich, dat jetzt allenthalben die Wände Ohren haben?

August. Hier ooch?

Muckenich. Hier erst recht, hier jiebt et unter all die Siejel keen Siejel der Verschwiejenheit, un wenn Du noch mal sagst, (flüstert) unsere Soldaten sind Joldfresser un der Juliusthurm is der Eissschrank oder derjleichen, denn wirst Du zu 'ner lebenslänglichen Jeldstrafe verknackt.

August. Wir haben aber doch keen Jeld, Vater.

Muckenich. Trotzdem darf man nich sagen, det det Milletär die Steuerstufen überschluckt. Hier also sind lauter Siejel, Stempel un Petschafte, un wenn Du jedes einzelne ansehen willst, denn werde ick sehr eklich.

August. Daran liegt mir nischt, Vater. Sieh bloß mal die schönen Kanonen.

Muckenich. Det sind heraldische Kanonen, oder Feldschlangen jenannt, alle schön jravirt, un wer ins Mittelalter mit die todtjeschossen wurde, der hatte noch jar keene Ahnung davon, det er 'nem Kunstwerk die Ehre verdankte. Die heutigen Kanonen sind Dutzendarbeet, allens Juß, jewöhnlicher Krupp, eijentlich jar keene Artillerie mehr, weil doch Art französisch is un Kunst heeßt. Is Dir det klar?

August. Jar nich. Aber die Münzen möchte ick alle haben.

Muckenich. Det jloobe ick, det sind lauter seltene Joldstücke, aber det seltenste is nich mit mang.

August. Wat is denn det seltenste, Vater?

Muckenich. Det Zwanzigmarkstück. Ick wollte immer Sammler werden, aber ick konnte keene uftreiben, Eens hatte ick mal, et war'n schönes Exemplar vom Jahre 1873, aber der jrößte Münzensammler Berlins hat es mir abjenommen.

August. Wer is denn der jrößte Münzensammler Berlins, Vater?

Muckenich. Der Steuerbote.

August. Hat denn der ausjestellt?

Muckenich. Der wird sich hüten. Da wäre det Jebäude nich jroß jenug jewesen.

August. Wat is denn hier, wenn hier nischt Heraldisches ausjestellt is?

Muckenich. 'ne Ausstellung von Schwamm. Dies Jebäude is nämlich eijentlich die Jemäldeausstellung, un nu is der Schwamm in die elende Bretterbude jekommen.

August. Jiebt et denn in's Restaurationszimmer ooch Schwämme?

Muckenich. Wir wollen mal uf die Speisekarte nachsehen. Denn bei die villen ollen Humpen, Willkommen un Trinkhörner, die hier rumstehen, kriegt man ordentlich Durst. Un et is immer anjenehm für 'nen Trinker, Durst zu kriegen. Von die

Seite betrachtet, jefällt mir die heraldische Ausstellung jroßartig. Komm, Aujust. (Sie gehen an's Buffet.)

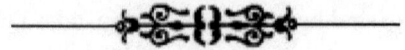

Zur Eröffnung der Gotthard-Bahn.

Muckenich schwankt aus dem Kurfürstenkeller heraus und redet einen Briefträger an: Bruder, ick sehe, Du hast keene Zeit, un da ick blos zehn Minuten brauche, um Dir zu erzählen, wie sie mit mir umjegangen sind, so profitirst Du noch, wenn Du mir zuhörst.

Der Briefträger. Warum sagen Sie Du zu mir?

Muckenich. Ich verbiete Dir, mir zu sietzen. Wie kannst Du mir sietzen, Bruder! Weeßt Du denn von jar nischt?

Briefträger. Nein, was ist denn vorgefallen? Haben wir Brüderschaft getrunken?

Muckenich. Na natürlich. Als Völker. Dienstag. Et war jroßartig, Bruder. Der Jotthard war ausjehöhlt un diente als Bowle, un daraus haben die Völker Brüderschaft jetrunken von Jöschenen bis Airolo. Un nu willst Du nich, det ick Dir dutzen soll! Det nehme ick Dir sehr übel.

Briefträger. Sie sind betrunken. (Geht fort.)

Muckenich. Wenn er wenigstens gesagt hätte: Du bist bedrunken, denn wäre et jut jewesen. (Schreit.) Denn nu is der Bürjer in der zweeten Person Singular un nich in der dritten Person Plural bedrunken, sonst wäre der Jotthard janz umsonst jetunnelt worden un det ville Jeld is rausjeschmissen!

Schutzmann. Schreien Sie nicht, sondern machen Sie, daß Sie nach Hause kommen.

Muckenich. Sie? Du ooch, Bruder? Hast Du denn ooch nischt jelesen? Det jroße Werk der Verbrüderung un Jesittung is beendet, Seiner Wohljebohrt der Jotthard is eijens dazu injerichtet worden, det wir Völker uns die sämmtlichen Hände reichen, un Du sagst zu mir: Schreien Sie nich. Is det hübsch? Ein netter Bruder!

Schutzmann. Machen Sie sich keiner Beamtenbeleidigung schuldig! (Geht weiter.)

Muckenich. Beamtenbeleidijung? Det jiebt es jar nich mehr. Wenn ick 'nen Bruder, der Beamter is, beleidigte, denn wäre ick ja jar nich werth, det der Jotthard sieben Jahre un fünf Monate lang mit Dynamit so zujerichtet worden is, det man nich mehr nöthig hat, drüber weg zu jehen un kalte Füße zu kriejen. (Zu einer Dame.) Oder sollte ick mir irren, Schwester? Sage Du, ob ick Recht habe oder nich.

Die Dame (eilt vorüber.)

Muckenich (läuft ihr nach). Aber Schwester, mißverstehe mir nich, ick bin ja Dein Bruder, Du bist ja die Tante von meinem Aujust. Jahrelang haben 2500 Mann täglich jearbeitet un 320 000 Löcher jebohrt, det die Völker sich verbrüdern un veroheimlichen, un Du benimmst Dir so fremd jejen mir! Ick will Dir ja nischt dhun, sondern Dir einen Bruderkuß jeben. (Ruft.) Jette! Rieke! (Nach einer Pause.) Nu weeß ick nich, wie meine Schwester heeßt. (Zu einem Jungen.) Weeßt Du't ooch nich?

Der Junge. Fall' man nich, et nützt Dir nischt, hier is keen Rinnsteen mehr.

Muckenich. Det war det erste Wort der Bruderliebe, seit der Tunnel offen ist. Ick soll nich fallen, weil't mir nischt nützt. Allmälig kommen die Menschen dahinter, wozu die Jotthardbahn existirt. Komm her, mein Junge, ick will Dir Jeld zu einem Salamander jeben, den Du uf das Wohl der Völkerverbrüderung reiben kannst.

Der Junge. So dumm! *Den* Salamander kenn' ick. (Läuft fort.)

Muckenich. Ein jebildeter Junge, er kennt den Salamander un will keen Jeld. Det is die wahre Jesittung, von die uf dem Bankett in Luzern jesprochen wurde. (Schreit). Die Jotthardbahn hoch!

Droschkenkutscher (vorüberfahrend). Hoch!

Muckenich. Komm, Bruder, ick lasse mir umsonst von Dir 'ne doppelte Tour fahren. (Er will in die davonfahrende Droschke springen und fällt hin.) Der wird sich ärjern, wenn er nachher stillhält un find't mir nich. (Ein Schutzmann hilft ihm auf und führt ihn ab.) Det is nett von Dir, Bruder. Dir merke ick an, det der Jotthardtunnel fertig is. Nu wollen wir ooch, so lang wie er is, Brüder sind, 15,000 Meter lang. Nur etwas langsamer könntest Du jehen, denn werde ick Dir ooch erzählen, wie es mir jegangen is. Ick sitze nämlich im Kurfürstenkeller und da liest ein Bruder Jast aus die Zeitung vor, die Italjener sind verstimmt jewesen, weil die Deutschen drei Reden jehalten haben, bevor eine italjenische jehalten wurde. Ick sage zu ihm: Det, wat Du da liest, is sehr natürlich, aber sowie die Bahn eröffnet is, denn jeht jleich die Völkerverbrüderung los! Herr, sagt er, ich bin nicht Ihr Du! Da jab denn ein Wort die andere Jrobheit, un nach fünf Minuten verbrüderten sich die Brüder un setzten mir ohne Stuhl vor die Thür. Nun frage ick Dir, Bruder, sind darum die Felsen, welche die Völker trennten, uf die Seite jesprengt un andere Hindernisse wegjeräumt, damit ick zur Feier des Tages aus'm Kurfürstenkeller rausfliege?

Schutzmann. Sie können das zu Protokoll geben.

Muckenich. Wenn Du noch mal Sie sagst, Bruder, dann jebe ich jar nischt zu Protokoll, un wenn Du noch so ville bittest. Was Dir übrigens unanjenehm zu hören sein wird, is, det Du mir wehdhust. Was Brüder sind, die sollen sich nich wehdhun. (Er wird die Treppe in das Polizeibureau hinaufgeführt.) Hier wird'n Fahrstuhl injerichtet werden, wenn die Verbrüderung erst alljemein bekannt wird. (Er tritt in's Bureau.) Juten Völkermorjen, Bruder Wachtmeester, der letzte Arretirte is da. (Er setzt sich auf die Bank.)

Alle Menschen werden Brüder,
Wo Dein sanfter Flügel weilt.

Schade, det Du keen Flügelspieler bist, Wachtmeester. Na, es wird ooch ohne Musik jehen. (Im Einschlafen.) Evviva die Jotthardbahn!

Vor den Riesenschlangen im Aquarium.

Muckenich (an der Casse). Fräulein, ick sehe auf die Plakate, wie die jrößte Schlange einen Negerknaben umschlingt un eben zu Tisch jehen will, – is dieser Junge schon da?

Dame an der Casse. Das wird hier nicht vorgeführt. Das Bild soll nur dem Publikum einen Begriff geben von der Größe und der Furchtbarkeit des Thieres.

Muckenich. Na, ooch jut. Unter uns jesagt, ick sehe so wat nich jerne. Ick mag keene Jungens fressen sehen, un wenn sie noch so schwarz sind. Also kann ick mir druf verlassen, det hier nich mit lebendige Menschen jefüttert wird?

Dame. Selbstverständlich.

Muckenich. Denn nehmen Sie's nich übel. (Er geht hinein und tritt vor die Schlangen zwischen die Zuschauer.) Det sind ja nette Kerle! Donnerwetter, da is ja eene weit über Lebensjröße! Wie nennt die sich?

Wärter. *Python bivittatus.*

Muckenich. O ick verstehe ooch deutsch. Wie lang is die, wenn ick fragen darf?

Wärter. Sieben Meter.

Muckenich. Und wat kostet der Meter?

Wärter. Die Thiere sind allerdings sehr theuer.

Philosoph. Ja, ja, sie haben uns das Paradies gekostet.

Frau Krabbe. Wenn sie nur nicht herauskommt! Hoffentlich ist die Glaswand so stark, daß die Bestie fern gehalten wird.

Ihre Tochter. Ich kannte bisher von Schlangen nur den Regenwurm, den geräucherten Aal, ferner den, welchen man in der Freundschaft am Busen nährt und die goldene an Papas Uhr. Da, wo diese Schlangen zu Hause sind, möchte ich nicht wohnen. (Zu Muckenich.) Wo sind sie her?

Muckenich. Ick bin jeborener Berliner.

Wärter. Die großen Schlangen sind bei Kalkutta gefangen und zwar in den Dschungeln, indem das Terrain, auf dem sie hausten, in Brand gesteckt wurde. Auf diese Weise in Netze getrieben, wurden sie alsbald in Säcke gepackt und nach Europa geschafft.

Politiker. Ohne Zweifel ein neues Zollcuriosum, denn Stahlfedern, Kaffeeproben und Schinken, in Säcke gepackt, mußten als Kleider verzollt werden, und so hat wohl auch für diese Thiere der Zoll für Modewaaren erlegt werden müssen.

Höhere Töchterschülerin. Wie muthig muß unsere Stammmutter Eva gewesen sein, daß sie einem solchen Unthier das Obst aus der Hand nahm!

Steuerprojectler. Ich begreife nur nicht, weshalb nicht schon lange eine Schlangensteuer eingeführt worden ist. Berlin ist jetzt ungemein reich an Schlangen. Miss Damajante hat sie dutzendweis auf Lager, und hier kann man sie kaum zählen.

Muckenich. Wenn die Schlangensteuer injeführt wird, denn sollen Sie ihnen die Steuermarke um den Hals hängen un als Schlangenfänger rumjehen, un wo Sie denn eene sehen, die keenen Maulkorb hat, sollen Sie sie infangen un nach'n Molkenmarcht bringen.

Steuerprojectler. Mit Ihnen habe ich ja gar nicht gesprochen.

Muckenich. Et war mir aber so.

Soldat. Ich dachte, die großen Schlangen würden mit Antilopen gefüttert.

Wärter. Hier bekommen sie jeden Mittwoch ein Kaninchen. In der Freiheit machen sie allerdings Jagd auf Antilopen.

Muckenich. Et lebe die Freiheit!

Antifortschrittler. O den Thieren geht es in der Gefangenschaft sehr gut.

Muckenich. Wat wissen Sie davon? Sein Sie mal Python un sitzen bei Wasser un Kaninchen lebenslänglich hinter Jlas und Riegel un haben nischt jethan als jehäutet! Die Thiere waren in ihrem vorderindischen Dorfe sehr verjnügt, da kommt der Mensch, steckt ihnen das Jras unterm Leibe an, nimmt sie beim Kragen und schmeißt sie in den Kerker. Det is unjerecht.

Lindenflaneur. Finde allerdings, daß Bestien nicht sehr amüsabel. Kriechen nicht, bilden Knäuel, das ist alles.

Muckenich. Det stimmt, die Pharaoschlangen waren amüsanter. Jehen Sie doch mal in den Käfig rin un pieken Sie sie, vielleicht kommt dann Leben in die Bude.

Lindenflaneur. Scheinen mich hänseln zu wollen.

Muckenich. Sie haben anjefangen, Herr Commissionsrath, Sie waren det Karnickel. Wenn det die Riesenschlangen merken, denn kriejen sie Appetit, und denn können Sie sich in Acht nehmen. Jehen Sie man lieber bei Seite, denn Ihnen kann *Hermes* nich ersetzen. Dazu is sein Reptilienfonds nich jroß jenug. (Er geht fort. Die Beschauer plaudern weiter.)

Auf keiner Berliner Welt-Ausstellung.

Muckenich (ist auf einen Pferdebahnwagen der Linie Dönhoffs-
platz-Tempelhof gesprungen und redet den Schaffner an.)
Also wie weit ick fahren wollte? Jeben Sie mir mal 'n Billjet
nach dem Ausstellungspalais.

Schaffner. Das giebt es nicht. Ich habe nur Fahrscheine nach dem
Kreuzberg und nach Tempelhof.

Muckenich. Det jloobe ick Ihnen. Et wird ja jar nich ausjestellt. Unsere Rejierung is dem Jedanken an 'ne friedliche Vereinijung
der Völker nichts weniger als spinnefreundlich jesinnt und
bleibt uf dem Weje zur alljemeinen Eintracht immer sporn-
streichs stehen. Un nu will ick mir mal den Platz ansehen, wo
im Laufe dieses jeehrten Jahrzehnts die Ausstellung hinzu-
stehen käme, wenn wir überhaupt eene kriegten.

Schaffner. Wo Sie aussteigen wollen, das ist Ihre Sache.. Ich werde
Ihnen einen Fahrschein für 20 Pfennige geben.

Muckenich. Wenn ick jleich eenen Schein für 20 Pfennige nehme,
is et denn nich billjer?

Schaffner. Nein. Hier ist der Fahrschein, und nun unterlassen Sie
das Rauchen. Das ist im Innern des Wagens nicht erlaubt.

Muckenich. Det wird sich allens ändern, wenn erst Bismarck
durch noch mehr Söhne zum Volke herabsteijen wird und
wir Alle, wie Napoljon sagt, entweder fiskalisch oder mono-
polackisch sein werden. Wenn ick dann im Innern des Wagens rooche, dann jilt mein Stummel als 'ne Zustimmungs-
adresse, un der Schaffner bringt mir mit dem Fernsprecher
ein Danktelejramm aus der Wilhelmstraße.

Ein Fahrgast. Der Mann hat entschieden zu tief ins Glas geguckt.

Muckenich. Jlas jiebt es nach die neue Zollverordnung überhaupt
nich. Et jiebt nur noch Tinte un Bitterwasser, un in so 'ne
Substanzen gucke ick jrundsätzlich nich. Da müßte ick ja Jlas
jesoffen haben! Im Jejentheil. Janz nüchtern will ick mir den
Platz besehen, wo 1885 keene Weltausstellung stehen wird.

(Er redet eine Dame an.) Sie werden natürlich sagen, verehrte Reptilie, unsere Industrie hat 'nen solchen Aufschwung erlitten, det wir jar keene Weltausstellung brauchen. Da sitze ick aber uf 'nem entjejenjesetzten Standtpunkt.

Die Dame (nimmt einen anderen Platz.)

Muckenich. Natürlich, nu bin ick 'n Reichsfeind, ein Mitjlied der Partei Hemmschuh un in meine Mußestunden Republikaner. Man braucht heute bloß nich von die Zinsen des selijen Königs von Hannover zu leben, jleich is man verdächtig, den Dynamit mit Löffeln jefressen zu haben. Ick wünsche jesegnete Mahlzeit! (Er steigt am Tempelhofer Feld aus und schreit.) Meine Herren un Damen! Et is ein welthistorischer Fleck Erde, uf dem Sie mich befinden! Dieser Kreuzberg is keener von die sieben Hügeln, uf welchen sich das nächste friedliche Rangdewuh der Nationen erheben wird. Alle Autoritäten haben sich dahin ausjesprochen, det dieses Feld der jeeignetste Platz bei Berlin is, uf welchem sich 'ne Monstre-Ausstellung unterlassen läßt. Et is absolut feuersicher un bietet Raum für die nassesten Dreiecke.

Ein Schutzmann. Stille da, machen Sie, daß Sie weiterkommen.

Muckenich. Sehr richtig, weiterkommen will Jeder, aber is denn det möglich bei dieses ewije Experimentiren? (Sehr laut.) Fragen Sie doch jede Handelskammer, die wird et Ihnen ja sagen, det die jetzige Politik nich die richtige is. (Er taumelt weiter und fällt hin.) J'y suis et j'y reste!

Schutzmann (hilft ihm auf die Beine).

Muckenich. Ick weeß ja, wat Sie sagen wollen, Herr *Bodenstedt*. Die Politik verdirbt den Charakter. Aber Sie wissen wohl nich, det det die schlimmste Bismarckbeleidijung is, die et überhaupt jiebt. Foljen Sie mir!

Schutzmann (führt ihn fort).

Muckenich. Sie sehen wohl in, det ick nich anders kann. Wer die Politik des Kanzlers kritisirt, der muß früh ufstehen un seine drei Monate sofort antreten. Denn Sie mögen sagen, wat ick will, soviel steht doch fest: unsere Industrie hat sich jetzt sehr jehoben. Ick nenne bloß: die Danktelejraphie, die Freibier-brauerei, det is doch Allens nich von Pappe, un nu sollen wir keene Ausstellung in Berlin kriejen, wo wir mal die Welt zei-jen können, wat 'ne Harke is? Det is nich politisch, Herr Bo-denstedt. (Steht still.) Wenn ick nich Allens trüje, denn stehe ick hier jerade uf die Stelle, wo vielleicht schon in drei Jahre die Völker nich nach dem Berliner Trokadero strömen, um sich nich die Hände zu reichen. Et wird sehr bedeutend wer-den.

Schutzmann. Nicht stillstehen, vorwärts! (Er drängt ihn weiter.)

Muckenich. Det sagen Sie so, *aber wohin kommen wir?* »Nu jeht die Reise los!« *sagte der Papajei, un da hatte ihn der Kater bei's Jenick. Na meinswejen: Rin in den Conflict! Sie thun ja jrade, als wenn det det erste Mal wäre! Wo Sie mir hinbringen, da bin ick schon jewe-sen, un et hat mir nich jeschadet. Sehen Sie mir det nich an?* (Er wird auf die Wache gebracht.) Juten Abend, meine Herren, un wenn Ihnen der Schutzmann sagt, det ick den wilden Mann spiele, denn jlooben Sie ihm nischt. *Wenn heute ein achtbarer loyaler Bürjer wild is, denn spielt er nich Komödie.* Na jute Nacht (er legt sich auf die Pritsche), dies sind die Bretter, welche die jetzige Welt bedeuten, *un wenn Sie Jemand finden, der – die jetzige Welt – versteht, denn – wecken Sie mir.* – – (Er schläft ein.)

Ein Wohlthätigkeitsspieltag.

Sie. Muckenich? Himmel, wie bin ich erschrocken! Bist Du's?

Er. Wenn ick mir nich irre, so bist Du uf die richtige Fährte.

Sie. Daran merke ich, wo Du wieder gewesen bist, daß Du auf lallenden Füßen in mein Zimmer kommst. In welcher Verfassung Du erscheinst!

Er. Meine Verfassung is bekanntlich janz unverletzt, bloß ein Paar Parajraphen müssen revidirt werden.

Sie. Schrecklicher Gedanke! Während ich zu Hause sitze und mir in angeborener Sparsamkeit kein Billet zur Lucca gönne, obschon ich mir so gerne die Widerspenstige bezähmt hätte, bist Du den ganzen Tag fortgewesen und hast gewiß das letzte Bimetall verthan!

Er. Verthan? Det nennst Du verthan? Aber Du weeßt doch, meine Puppe, det heut im janzen Vaterland für die Nothleidenden jespielt worden is un det ick als Skat-Johanniter mitjewesen bin.

Sie. Für die Nothleidenden! Weißt Du, wer nothleidend ist? Ich bin die nothleidendste Frau des deutschen Kaiserreichs!

Er. Dann werde ick morgen ooch vor Dir einen Skat machen.

Sie. Höhne nur, zertritt mein Herz mit rauher Sohle, dann bin ich erlöst, ich, die ich bei lebendigem Gatten jahrein, jahraus Strohwittwe bin und die Nächte damit kürze, daß ich dann und wann auf die Uhr blicke.

Er. Det denke ick mir allerdings uf die Dauer etwas langweilig. Aber ick habe mir jleichfalls nich amüsirt, tröste Dir man, meine Puppe. Un det sage ick Dir: Wenn morjen die Sündfluth kommt un ick werde injeladen, in die Arche mit Noah 'nen Skat für die Ueberschwemmten zu machen, nich mit zehn Pferde kriegt er mir dazu.

Sie. Welche überflüssige Reden! Bei einer Sündfluth bleiben ja keine zehn Pferde übrig.

Er. Du hast schon wieder Deine jebildete Nacht, meine Puppe. Also höre zu, wie schrecklich mir's jejangen is. Ick komme bekanntlich zu Piper un denke für die Nothleidenden ordentlich wat zusammenzukejeln. Da sagen sie, et wäre zum Kejeln zu kalt. Wat? sage ick, zu kalt? Schämt Ihr Euch nich? Det is ja verhältnißmäßig! Ick sollte det nich noch mal sagen. Nu jrade, rufe ick, ick find't verhältnißmäßig, irjend 'ne Athmungsphäre zu kalt zu finden, wenn et jilt, für Nothleidende etwas zusammenzukejeln. Un det hatte ick noch nich ausjesprochen, da waren sie schon wieder drinnen.

Sie. Wie soll ich das verstehen?

Er. Na, sie hatten mir bekanntlich vor die Thür jebracht un waren wieder rinjejangen. Da stand ick nu kejelseelenalleene, bis ick mir nischt mehr draus machte un zu Riesel jehe. Da sitzen die Samariter un ick sage: Na, wie is et mit'n Fluthskat? Nee, sagen sie, sie wollen eenen – wie heeßt doch bekanntlich det Spiel mit Seine Excellenz dem Accent-Jrafen zwischen die beiden Anfangsbuchstaben?

Sie. L'Hombre. Wie oft soll ich Dir das wiederholen?

Er. So oft Dir's Spaß macht, meine Puppe, Du weeßt, ick lasse Dir in solche Dinge vollkommene Freiheit. Also sie machen einen sojenannten L'Hombre, un da war ick außer mir. Wie? rufe ick, Ihr wollt wat spielen, wat ick nich kenne, un mir dadurch zur Hartherzigkeit zwingen? Da denke ick mir mein Theil. Nu ruft Knappe, det sollte ick zurücknehmen, det wäre 'ne persönliche Beleidijung, un wenn er un ick Offiziere wären, denn müßten wir uns duelliren. Ick wäre zwee janz jewöhnliche Briefsäcke –

Sie. Was soll das nun wieder heißen?

Er. Det soll natürlich heeßen, det ick ihm jestohlen werden kann, weil doch bekanntlich neulich zwee Briefsäcke bei Varzin jestohlen worden sind. Die wollte ick nu nich uf mir sitzen lassen, un ick trank daher noch 'ne Flasche Rothwein.

Sie. Noch eine?

Er. Na ja, bei Piper hatte ick ja schon zwee Jlas Bier jetrunken, un wie ick nu den Cognac runter hatte –

Sie. Den Cognac?

Er. Natürlich, denn nach der Flasche Rothwein ließ ick mir'n Cognac jeben, un denn bezahlte ick den Punsch –

Sie. Den Punsch?

Er. Nach dem Cognac trinke ick bekanntlich immer'n Punsch, und denn sage ick zu dem Apotheker –

Sie. Mensch, so sprich doch nicht so in die Nacht hinein! Wie kommt denn der Apotheker hierher?

Er. Sehr einfach, ick jing zu ihm, um mir Kühlsalbe zu koofen. Denn wie ick mit Jewalt Skat spielen will un det Wort: »Da denke ick mir mein Theil« nich um die Welt zurücknehme, da wurden wir handjemein, un weil ick mir doch schon lange mal Kühlsalbe koofen wollte, so bekam ick eens mit der Faust, und da hatte ick denn 'ne Ausrede, un diesen Fingerzeig benutzte ick und jing bekanntlich in die Apotheke.

Sie. Und das nennst Du für die Verunglückten spielen?

Er. Nee. Zum Jlück is aber drei Straßen weiter Schwarzsauer sein Lokal janz in die Nähe, un da jing ick denn rin un wollte mir an den Ueberschwemmungs-Whist betheiligen. Wie ick aber drinnen bin, sind da jar keene Jäste, sondern bekanntlich blos Stiefel. Ick sage: Aber lieber Schwarzsauer, wat haben Sie jetzt für'n komischen Frühstückskeller! Unsinn, sagt Schwarzsauer, ick heeße Lehmann un bin Schuhmacher, Schwarzsauer is längst ausjezogen. Det jing mir denn doch zu weit. Ick sage, det ließe ick mir nich jefallen, ick wollte 'n Whist für die Verunjlückten machen, un nu heeßt Schwarzsauer Lehmann un is Schuster, da hört allens uf. Det sah er ooch in un sagte, er wollte 'n Schutzmann holen. Schön, sage ick, denn machen wir 'n Whist mit'n Blinden. Kaum hatte ick den Blinden über die Lippe jebracht, so kommt ooch schon der Schutzmann un jeht mit mir weg.

Sie. Das ist ja haarsträubend.

Er. Det jloobe ick nich, Deine Frisur liegt da janz ruhig uf'n Tisch, un der Schutzmann hatte die Pickelhaube uf'n Kopp behalten un sagte: »Verlassen Sie den Keller, sonst machen Sie sich eines Hausfriedensbruches schuldig!« Ick sage, wir wollen drum würfeln, ob ick den Kellerfrieden breche oder nich, der Jewinn is bekanntlich für die Ueberschwemmten. Da erklärt er mir amtlich für betrunken, woruf ick ihn amtlich für nüchtern erkläre, un so trennten wir uns. Er hat mir nich wiederjesehen, (weinerlich) un wer weeß, ob er mir jemals wieder zu Jesicht kriegt.

Sie. Thu mir die Liebe, Muckenich, und weine nicht, das ist ein erbärmlicher Anblick.

Er. Nich? Et is aber ooch sehr traurig. Nu hatte ick den janzen Tag im Schweiße meines Anjesichts rumjetrunken un konnte nirgends meine Mildthätigkeit anbringen. Ooch bei Knickow's Nachfolger nich, wo ein Puff anjesagt war. Ick setze mir nieder, trinke einen Stehseidel nach dem andern Jilka und wecke dann immer den Kellner un frage, wann der Puff losjeht. Ach, sagte er endlich, der is ja schon um zehn Uhr ausjewesen un nu is et halb drei, un weil ick nu wußte, det der Wirth zum joldenen Eisenhammer ne richtig jehende Uhr hat, jehe ick dahin. Da saß denn ooch die janze Blase un wie ick mir am Domino für die Rheinufer betheiligen will, da wollten sie blos noch Go mit mir spielen.

Sie. Go? Was ist das?

Er. Det weeßt Du nich? Hast Du denn nich die Zeitungen jelesen, meine Puppe? Det is ja bekanntlich det Jahrtausende alte Nationalspiel der Japanesen, welches mit 181 weiße und 181 schwarze Steine jespielt wird. Un wie ick nu merke, det die Kerls mir ufziehen wollen, da setzen sie mir vor der Thür in 'ne Droschke un da bin ick. Wat sagst Du, meine Puppe? Sieh mal, ick habe 'n Schneeball mitjebracht, setze Dir im Bett zurecht, wir wollen Ball spielen, sonst jeht der deutsche Spieltag vorüber un ick habe absolut nischt für die Nothleidenden jethan . . . Du schnarchst, meine Puppe? . . . Denn bin ick der unjlücklichste Mensch uf diesem Stuhl . . . (Er schläft ein.)

Nibelungen-Rausch.

Muckenich (schwankt in die Münzstraße bis vor das Victoriatheater. Hier geht er auf einen Schutzmann zu und klagt demselben:) Ach, Herr *Fasolt*, jehen Sie doch mal mit verhängtem Zügel zu meinem alten Freund *Bibber* un setzen Sie ihm den Tarnhelm uf un lassen Sie ihn verschwinden. Der sagt nämlich heute zu mir: Muckenich, ick lade Dir hiermit zu vier Wagner-Abende ein, wenn Du ebenso ville Flaschen Zaubertrank bezahlst. Für den janzen Cyclus denke ick, is det 'n jutes Jeschäft, un erkläre mir bereit. Also: Hurtig hin zu Habel! allitterire ick un setze mir mit ihm in die Pferdebahn.

Schutzmann. Das geht mich Nichts an.

Muckenich. Hören Sie man weiter zu, da werden Sie det Bibbermotiv schon verstehen. Wie wir nämlich die vier Flaschen jetrunken haben, da jeht er mit mir von *Habel* weg, sagt: Nu jeschwind zum Vorabend! un führt mir zum *schweren Wagner*.

Schutzmann. Das merkt man Ihnen an. Machen Sie, daß Sie nach Hause kommen! (Verläßt ihn.)

Muckenich. Wenn also so ein *Hunding*, wie dieser *Bibber*, frei herumlooft anstatt an die Leine jesperrt zu sind un mir vier Flaschen Wein für mein baares Rheinjold abnimmt un det einfach Cyclus nennt, denn sagt der Schutzmann, ick soll zur Wiege wallen? Is det Jerechtigkeit? Is det *Friedberg*? So muß et kommen! sagt *Anjelo Neumann* un zeigt in diesem Jeweihfestspiel, wie *Siegmund* der Vater seines Neffen wird, während der jrimme *Spielhagen* wejen 'nen janz kleen Bischen Zola confiscirt wird. (Er schreit.) Det jeht nich so weiter! *Anjela* oder *Anjelo*, ick will Jerechtigkeit!

Schutzmann. Machen Sie hier keinen Skandal, (drängt ihn weiter) vorwärts, vorwärts!

Muckenich. So werden wir allmälig jezwungen, Fortschrittsring zu werden, un wenn wir es jeworden sind, denn is et wieder nich recht, natürlich, weil der Ring alle Macht uf Erden jiebt.

Darum jeht ooch *Bismarck* nich in die Nibelungen, weil er von dem Ring nischt hören un sehen will. Lieber verlegt er janz Berlin nach Cassel. (Er taumelt weiter.) Ein jroßer Mann, dieser *Bismarck*, erst *verfaßte* er das Deutsche Reich, denn *corrijirte* er's, nu *druckt* un *bindet* er's, un zuletzt will er's ooch noch *verlegen*. (Redet eine Dame an.) Erlooben Sie, daß ick Ihnen nach Cassel bejleite, verehrte Rheintochter?

Die Dame (eilt an ihm vorüber).

Muckenich (ihr nachsehend). Der Nicker hält mir für Alberich, mein Balg is ihr eklig, ick soll mit Aalen buhlen. Dabei überläßt sie es mir, jeräucherte oder jrüne zu wählen. Na, et wird sich ja zeigen, wie die Wahl ausfällt, Ihr sollt Euch über unsere Walküre wundern. (Sehr laut.) Es wird 'n fortschrittlicher Reichstag! (Zu einem Herrn.) Oder sind Sie für Reaction un wollen sich von Wotan Allens jefallen lassen?

Der Herr. Sie sind betrunken!

Muckenich. Det is ooch *meine* Meinung. Wenn Wotan sich eine so jlänzende Dienstwohnung wie Walhall bauen läßt, eine Burg, ein Schloß, wat sage ick: Schloß? ein förmliches Palais mit separatem Rejenbogen, un sagt denn zu Fasolt und Fafner, die bloß haben wollen, wat ihnen jesetzlich zukommt, et is zu ville, un will sie mit'n Paar Stabreime abspeisen, un wenn denn det langweiligste Hin- un Herreden losjeht un Wotan immer mit'n Spieß rumfuchtelt, als wenn er sämmtliche Rheintöchter blau oder polnisch verschlingen wollte, denn muß man fragen: Is det der jroße Wotan oder der kleene *Mime*, dem die Nachwelt keene Kränze flicht? Nee, wenn ick det Allens sehe, denn wähle ick nich conservativ, nich um janz Niebelheim, oder wie der Welfenfonds heeßt, wo die jroße Reptilie, die unjeheure Riesenschlange, zu sehen is, denn wähle ick bloß eenen vom Ring, nischt weiter. (Man hört im Theater ein Leitmotiv blasen, womit der Beginn eines Aktes angezeigt wird. Muckenich ruft:) Immer herein, meine Herrschaften, et is mit der Fanfare jeklingelt, et jeht los! (Zu einem Kutscher, der vor dem Theater mit seinem Wagen hält.) Was bleibst Du, Bub', auf dem Bock?

Kutscher. Na paß' uf, wenn ick runterkomme.

Muckenich. Zuletzt wird es nämlich jroßartig. Da macht Wotan um Brünnhilde den Feuerzauber, det is der Schutzzoll, oder wabernde Lohe. Die Motive müssen Sie blos hören, det is die echte Zukunftsmusik; wer die nich schön findet, der wird von der Norddeutschen Alljemeinen Post zum Nihilisten ernannt.

Kutscher. Ick soll Ihnen wohl nach Dalldorf fahren?

Muckenich (schwankt fort). Det is der Waldvogel! Der weeß, wo et hübsch is, der will mir nach Dalldorf verlejen, indem er denkt, da is man vor die ville neue Jesetze und Steuern janz sicher. (Schreit.) Det sind ja anjenehme Zustände!

Schutzmann. Wenn Sie jetzt hier nicht still sind, so verhafte ich Sie.

Muckenich. Durchlaucht sind sehr jütig, Sie wollen etwas für den kleenen Mann thun. Det is sehr nett von Ihnen, besonders Ihre Rede jejen die Pferdesteuer, denn wenn ick armer Mann zehn Pferde im Stall habe, un muß drei Mark zehn Pfennige dafür erlejen, da bleibt mir ja nischt übrig, als mit diesen zehn Jranen in den Scheithaufen zu springen. Hojotoho! (Er springt und fällt zu Boden.)

Zwei Schutzmänner (heben ihn auf und führen ihn fort). Vorwärts!

Muckenich. Trauermarsch! Langsam, Mannen, wir haben ja nischt zu versäumen, wir kommen ja früh jenug. Lassen Sie man Ihren werthen Nothung stecken, ick jehe ja sans phrase mit, wie es jetzt Mode is. (Nach einer kleinen Pause.) So ein paar Schutzmänner sind zwei niedliche Leitmotive. (Er denkt nach). Wenn Sie sich nicht irren, meine jeehrten Schutzmannen, so ist der Cyclus aus un Sie bringen mir in die Halle der Gibichungen. (Er wird in das Polizeibureau gebracht.) Juten Abend, meine Herren, aufrichtig jesagt, hier jefällt et mir nich, es sind zu viel Berliner hier, un ick möchte Sie am liebsten uflösen. (Er legt sich nieder und schläft ein.) Jrüßen Sie ... Wotan, ... un ick wünsche ihm ... eine verjnügte ... Jötterdämmerung ...

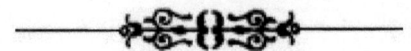

Bei King-Fu.

(In Kroll's Theater.)

Muckenich. Dauert es noch lange, bis er Allens weeß?

Der Cassier. Der Automat fängt gleich an.

Muckenich. Det schad't nischt. Sehen Sie, lieber Freund, ick habe mir hier den Maskenball von Verdi anjesehen. Det is ja Allens sehr schön, aber die Hitze is zu jroß. Nu scheint mir die Anjelejenheit verwickelt zu werden, indem die Jattin, um sich jejen ihren Ehebruch zu schützen, um Mitternacht alleene ausjeht und ihren Jeliebten trifft. Sie nennt det: Zauberkräuter sammeln. Nu möchte ick jerne wissen, wie die Jeschichte endet, damit ick nich wieder in's Theater rin muß. Kommt es zum sojenannten Ecklah? Schießt er ihr, sich, oder ihm todt? Oder umjekehrt? Det soll mir der Doktor King-Fu sagen, indem er Allens weeß.

Der Cassier. Das Entree kostet 50 Pfennige.

Muckenich. Det schad't nischt, un ick will sie jerne bezahlen, wenn ick man weeß, det Allens wirkliches Wachs is, un nich etwa eener drin steckt, indem Herr Fu mit der Außenwelt durch'n Telephon oder elektrische Batterie in Verbindung steht.

Der Cassier. Darüber kann ich Ihnen keine Auskunft geben. Gehen Sie hinein und überzeugen Sie sich selbst, Sie werden jedenfalls Ihr blaues Wunder erleben.

Muckenich. Det schad't nischt. Ick höre ja, det der König Fu ein willenloses Präparat is mit separatem Einjang un ohne Spezial-Jehirn un überhaupt ohne Jeist un doch Allens schreibt, wat man verlangt. Da muß ick nu sagen, det mir das nich imponirt, indem die Rejierung ein janze Jarnitur solcher Fus hat, welche Reptilien heeßen un Allens schreiben, wat nich uf'n Boden rumlooft. Also damit müssen Sie mir nich kommen, da müssen Sie sich'n andern Dummen aussuchen.

Der Cassier. Dazu fehlt mir die Zeit, Sie sehen, ich bin beschäftigt.

Muckenich. Ick will Ihnen nich länger stören, ick wollte mir bloß verjewissern, det Herr Fu keenen doppelten Boden hat un nich am Ende eener drinsteckt un Allens, wat er schreibt, bloß Kassiber is.

Der Cassier. King-Fu ist so klein, daß dieser Verdacht ausgeschlossen bleibt. So klein ist Keiner, daß er in dieser Figur verborgen sein könnte.

Muckenich. Mein lieber Freund, Sie scheinen jar keenen Bejriff davon zu haben, wie kleene Menschen es heutzutage jiebt. Ick habe heute bei Kroll mehrere Herren von der Rückschrittspartei jesehen. Wenn es Jerechtigkeit in der Welt jäbe, denn wären die janz jewiß uf'n Kinderbilljet reinjekommen, so kleen sind die.

Der Cassier. Das mag sein, mein Herr, aber ich wiederhole: In King-Fu ist Niemand verborgen.

Muckenich. Det schad't nischt. Aber so kommen wir uns allmälig näher. Sehen Sie, lieber Freund, wenn in König Fu keener verborgen is, denn is er 'n Mensch.

Der Cassier. Das ist er eben nicht, er wird einfach aufgezogen.

Muckenich. Det wird mir immer unklarer. Wenn er sich ruhig ufziehen läßt un nich um sich haut, denn is er'n Lump.

Der Cassier. Werden Sie nicht beleidigend!

Muckenich. Wenn Fu von Wachs is, denn kann ick ihn nich beleidigen. Kann ick ihn aber beleidigen, denn is er ein Mensch, un denn frage ick Sie: Zu welcher Partei jehört er? Is er Schutzhändler? Is er Freizöllner? Is er antifortschrittlich? Is er für Steuern sans phrase? Is er Secessionist? Is er Antisemit? Is er für den kleenen Hundebelagerungssperrezustand? Un denn: Wenn Fu wirklich ein Automat is, warum hat er denn den Titel King un nich König, wie Herr Stumm? Allens det muß man wissen.

Der Cassier. Gehen Sie hinein und fragen Sie ihn selber.

Muckenich. Det wäre ein Schaffhausen ohne Jleichen. Denn wenn Fu wirklich so wat Jroßartiges is, denn will ick eben janz andere Dinge fragen, über die heute noch ein undurchdringliches Dunkel schwebt. Zum Beispiel: Is der Blondin, der in Berlin auftritt, der echte verstorbene, oder hat er sich blos die Haare jefärbt? Wie fallen die Wahlen aus? Wieso –

Der Cassier. Ich bitte Sie, mich nicht länger zu stören. Das Entree kostet 50 Pfennige, das habe ich Ihnen schon einmal gesagt.

Muckenich. Det schad't nischt, det habe ick Ihnen ooch schon einmal jesagt. Wenn der Automat wirklich so jroßartig is, warum sitzt er nich an der Casse? Da fragt man ihn, was et kostet, er schreibt: 50 Pfennige, die bezahlt man un jeht wieder weg, ohne daß man 'ne halbe Stunde im Saal zu sitzen hat.

Der Cassier. Nun, wenn Sie auch jetzt hinein wollten, jetzt ist es zu spät. Die Vorstellung ist eben zu Ende.

Muckenich. Da jratulire ick von Herzen. Nu habe ick meine 50 Pfennige jespart un Sie haben sich anjenehm unterhalten. Det schad't nischt. Denn einen Automaten zu sehen, der keenen eijenen Willen hat un der von oben oder von unten sich leiten läßt, det is doch leider heutzutage keen Kunststück. Zeigen Sie mir *keenen* Automaten, un ick jebe Ihnen jerne, wat Sie verlangen. Det schad't nischt! Adje, jrüßen Sie Fu'n! (Er geht fort.)

Vor dem Goethedenkmal.

Muckenich (erscheint am Mittwoch, nachdem die Enthüllungsfeier vorüber, vor dem Denkmal und sagt zu einem Schutzmann.) Sie entschuldigen, Schwertlein, aber ick konnte nich später. Wie ick nämlich höre, die zwei Enkel Joethes wären nich jekommen, da jing ick un trank zwee Pullen auf ihr Wohl. Denn det war nett von die zwee Herren, wenn Sie sie kennen. Waren Sie schon in Weimar? Nich? Na, denn werden Sie ja wissen, dat die Enkel dieses Schaper'schen Prachtmannes Keenen in das Haus rin lassen, wo er jeathmet hat un wo so ville von ihm jeschrieben liegt, wat noch nich jedruckt is. Un wie ick nu die zwee Enkelpullen –

Schutzmann. Das geht mich nichts an. Verhalten Sie sich ruhig! (Geht fort.)

Muckenich. Wie Recht hatte Joethe, daß er zu *Eckermann* sagte: »Es lebt, wie ich an Allem merke, in Berlin ein so verwegener Menschenschlag beisammen, daß man mit der Delicatesse nicht weit reicht, sondern daß man Haare auf den Zähnen haben und mitunter etwas grob sein muß, um sich über Wasser zu halten.« Det muß wahr sind, – der Schutzmann hält sich schön über Wasser! »Das geht mich nichts an. Verhalten Sie sich ruhig!« sagt er. (Betrachtet das Denkmal.) Himmel, Joethe sieht ja in Bismarcks Jarten rin, un Bismarck kann es doch nu mal nich leiden, dat ihm Jemand in die Karten un in den Jarten kuckt. (Zu einer Dame.) Is det von Joethe nich keck, Clärchen?

Die Dame (entfernt sich).

Muckenich. »Ich versprach Dir, einmal spanisch zu kommen.« Heute muß Allens joethisch sind, (laut) wir müssen Alle joethisch werden un dem Reichskanzler in den Jarten kucken! (Immer lauter.) Jeder Deutsche muß das Recht haben, dem Reichskanzler in den Jarten zu kucken! Un deshalb freut es mir, dat Joethe hier in'n Thierjarten steht un nich uf'n Schillerplatz. Wenn ihm man hier die Strolche nischt thun, die Nachts bei Mutter Jrün nich wissen, was sie mit dem an-

jebrochenen Nachmittag anfangen sollen. Sie haben ja ooch
das Schillerjitter beschädigt. Ja, Berlin is 'ne intelljente Stadt,
und so'n Kerl denkt sich, er muß ein *Stück von Joethe* haben.
(Zu einer Dame.) Sie wissen wohl nich, wer die drei Sockel-
jestalten sind? Det sind die neun Musen.

Die Dame (beachtet ihn nicht).

Muckenich. »Geh' den Weibern zart entgegen, Du gewinnst sie,
auf mein Wort,« sagt Joethe. Also die hätte ick jewonnen,
denn zart bin ick ihr jekommen. Na, det is schön. (Zu dem
Herrn, der die Dame führt.) Kann ick den Jewinn jleich mit-
nehmen?

Der Herr. Ich werde den Schutzmann rufen!

Muckenich. »Edel sei der Mensch, hülfreich und gut!« sagt Joethe.
Also ick werde ihn selber rufen. (Schreit.) »Heinrich! Heinrich!«

Schutzmann (faßt ihn). Marsch auf die Wache, Sie machen hier zu
viel Skandal!

Muckenich. Aha, Faust erster Theil! Donnerwetter, kneifen Sie
aber! (Reibt den Arm.) Ick habe schon blaue Flecke. »Es kann
die Spur von Deinen Erdentagen nicht in Aeonen unter-
gehn!« (Schutzmann führt ihn fort.) Ick habe mir jeirrt, Sie
sind Jötz von Berlichingen mit der eisernen Hand. Hoffentlich führen Sie mir nich in ein Atelier, um mir da auszuhau-
en. Ick warne Sie, denn es is noch nich mal für Joethe das Jeld
beisammen. Der arme Schaper! Sie haben zur Enthüllung
mehr Schutzleute als Jeld jeliefert, un Joethe war ja keene
Milletärperson. (Er wird in die Wache gebracht.) Da wären
wir denn wieder. Na, meinswejen. Ick sage mit Joethe: »Pfei-
ler, Säulen kann man brechen, aber nicht ein freies Herz!«
Na, meins jewiß nich, un wenn sie fünf Milljarden Schutzmänner bei Joethe hinstellen!

Unparlamentarisches Diner bei Muckenich.

Das unparlamentarische Diner, welches aus dem Besten, was der Keller nebenan an alten Kartoffeln und Häringen zu bieten vermochte, zusammengesetzt war, bestand aus nahezu sechs Personen. Den Platz zur Rechten des freundlichen Gastgebers hatte der Hauswirth desselben, den zur Linken der Schwiegervater Muckenichs inne. Die Ehrenplätze zu beiden Seiten der ihnen gegenüber sitzenden Frau Muckenich waren dem Armenvorsteher des Reviers und einem hervorragenden Mitgliede des Vereins gegen Bettelei zu Theil geworden. Der Sohn des Hauses war, weil sein Gehrock beim Flickschneider sich befand, am Erscheinen verhindert.

Besondere Aufmerksamkeit besonders bei dem Armenvorsteher erregte die silberne Taschenuhr des Herrn Muckenich, welche man, da der Besitzer bei der letzten Einschätzung zur Staatseinkommensteuer von der ersten in die zweite Stufe versetzt worden war, im Leihhause vermuthete.

Muckenich, obschon er klagte, er könne noch immer das lange Stehen vor dem Bagatellrichter, wenn er wegen kleiner Schulden verklagt sei, nicht vertragen, sah vortrefflich aus und war gut gelaunt. Einmal, als er eine Kartoffel abgepellt hatte, sagte er: »So'ne Kartoffel hat keene Sorge. Wenn ihr det Fell über die Ohren jezogen is, denn is sie damit durch. Unsereinem aber wird es fortwährend abjezogen, un wenn man wat sagt, denn heeßt et: »Dafür nehmen wir aber auch jetzt eine gebietende Stellung in Europa ein!«

Nun sah er seine Gattin an und fragte: »Nehme ick eine *jebietende* Stellung in Europa ein?«

Man lachte, auch die Dame des Hauses.

Als ihm von allen Seiten Glück zu seinem guten Aussehen gewünscht wurde, äußerte Muckenich: »Nu nee, ick werde nich jut aussehen! Ick habe mir nämlich det Bier abjewöhnt, weil es mir doch zu theuer war. Wenn aber die Steuerermäßigungen auf die neuen Zölle anfangen, denn werde ick mir wieder wöchentlich ein Dutzend Flaschen Wiener Märzen kommen lassen.« Dabei schenkte er sich ein Glas Wasser ein und scherzte: »Jöttertrank aus der Champanke.«

Nun meinte der Schwiegervater Muckenichs, es wäre sehr gut, wenn Muckenich im Sommer eine Reise machen könnte, denn er sei doch von vielem Arbeiten sehr angegriffen. »Ick habe selber schon dran jedacht,« erwiderte Muckenich, »aber det könnte doch bloß eine Jejend sind, wo man zu Fuß, oder mit die Pferdebahn hin kann. Allens andere kostet bei diese Theuerung zu ville. Nach Canossa jehe ick nich,« schloß er, durch welche Versicherung eine außerordentlich freudige Bewegung unter den Anwesenden entstand.

Dann auf den *Hartmann-Fall* übergehend, äußerte Muckenich: »Der ruhige Bürjer kann bei die schlechten Zeiten jar nich an's Reisen denken, wojejen ein Nihilist jut dran is. Sehen Sie also man bloß den Hartmann. Von Moskau fährt er nach Paris, un von da wird er, mit die Oogen von janz Europa uf sich jerichtet, nach England jeschifft, damit ihm von Rußland keen Jalgen zustoßen kann. Sehen Sie, unsereener dankt Jott, wenn er mal nach Charlottenburg, oder nach Moabit raus kann, un so'n Dynamitfritze fährt in der janzen Welt rum un amüsirt sich, un nachdem er einen Eisenbahnzug in's Jenseit jesprengt hat, erhebt sich ein janzes Volk, damit ihm uf der Reise keen Haar jekrümmt wird. Da fragt man sich: Soll man nu ein ordentlicher Steuerzahler bleiben, oder à la Hartmann eine Muckenich-Frage in die Welt setzen.

Von der neuen Militärnovelle sagte Muckenich: »Warum kommt nu nich mal eine *Bürger-Novelle* raus, durch welche dat Civilistenheer besser jestellt wird un plötzlich ein Avancement für Kellerbewohner eintritt. Heeßt et denn: Allens für das Militär! oder heeßt et: Allens für das Volk?

Niemand wußte es.

Jetzt kam der Feigen-Kaffee. Puttkamer, warf Muckenich dazwischen, will, dat der Kaffee mit Doppel- f und Doppel- e jeschrieben werden soll. Det er aber richtiger mit 'ne Doppel-Moccabohne jekocht werden müßte un daß det bei die jetzigen Verhältnisse janz unmöglich is, det fällt natürlich so'n Mann wie Puttkamer nich in.

Bei diesen Worten steckte sich Muckenich das Pfeifchen des armen Mannes an.

Frau *Muckenich* brachte nun den Aschbecher, und die Gäste holten Cigarren hervor und begannen zu rauchen. Als eine derselben einen scharfen Sechsergeruch erzeugte, sagte Muckenich erläuternd: »Det is die sojenannte Assegai, die Cijarre, die der Zulu wegwirft un seinem Feinde zuschleudert.«

Er befahl, ein Fenster zu öffnen, und fuhr fort:

»Die neue Wirthschaftspolitik bringt uns um zehn Jahr retour, denn durch die Tabacksteuer sind wir nu wieder bei die Liebescijarre anjelangt, mit die wir in Paris so barbarisch jewirkt haben. Uf det Bild »Le Bourget« hat darum der Maler mehrere deutsche Soldaten roochend darjestellt, was det Fürchterliche erhöht. Was nutzt mich die Cijarre, wenn sie nich *Gerold* is? Ick rooche Pfeife, weil es mir unmöglich is, heute noch eine jute Cijarre für'n Sechser ufzutreiben, indem ick bei jede noch'n Räucherkerzchen nöthig habe.«

So plauderte Muckenich weiter.

Als die Gäste sich entfernt hatten, blieben Muckenich und seine Gattin allein und bildeten einen kleinen Kreis, in welchem wie gewöhnlich weiter geklagt und von der Zeit gesprochen wurde, in welcher die Lasten des Steuerzahlers noch erträglich waren.

Gegen neun Uhr aber war die Wohnung Muckenichs völlig finster, da die Frau des Hauses mit Rücksicht auf ihr Wirthschaftsgeld das Petroleum zu sparen pflegte.

So endete der schöne Abend.

Über tredition

Eigenes Buch veröffentlichen

tredition wurde 2006 in Hamburg gegründet und hat seither mehrere tausend Buchtitel veröffentlicht. Autoren veröffentlichen in wenigen leichten Schritten gedruckte Bücher, e-Books und audio-Books. tredition hat das Ziel, die beste und fairste Veröffentlichungsmöglichkeit für Autoren zu bieten.

tredition wurde mit der Erkenntnis gegründet, dass nur etwa jedes 200. bei Verlagen eingereichte Manuskript veröffentlicht wird. Dabei hat jedes Buch seinen Markt, also seine Leser. tredition sorgt dafür, dass für jedes Buch die Leserschaft auch erreicht wird.

Im einzigartigen Literatur-Netzwerk von tredition bieten zahlreiche Literatur-Partner (das sind Lektoren, Übersetzer, Hörbuchsprecher und Illustratoren) ihre Dienstleistung an, um Manuskripte zu verbessern oder die Vielfalt zu erhöhen. Autoren vereinbaren direkt mit den Literatur-Partnern die Konditionen ihrer Zusammenarbeit und partizipieren gemeinsam am Erfolg des Buches.

Das gesamte Verlagsprogramm von tredition ist bei allen stationären Buchhandlungen und Online-Buchhändlern wie z. B. Amazon erhältlich. e-Books stehen bei den führenden Online-Portalen (z. B. iBookstore von Apple oder Kindle von Amazon) zum Verkauf.

Einfach leicht ein Buch veröffentlichen: **www.tredition.de**

Eigene Buchreihe oder eigenen Verlag gründen

Seit 2009 bietet tredition sein Verlagskonzept auch als sogenanntes "White-Label" an. Das bedeutet, dass andere Unternehmen, Institutionen und Personen risikofrei und unkompliziert selbst zum Herausgeber von Büchern und Buchreihen unter eigener Marke werden können. tredition übernimmt dabei das komplette Herstellungs- und Distributionsrisiko.

Zahlreiche Zeitschriften-, Zeitungs- und Buchverlage, Universitäten, Forschungseinrichtungen u.v.m. nutzen diese Dienstleistung von tredition, um unter eigener Marke ohne Risiko Bücher zu verlegen.

Alle Informationen im Internet: **www.tredition.de/fuer-verlage**

tredition wurde mit mehreren Innovationspreisen ausgezeichnet, u. a. mit dem Webfuture Award und dem Innovationspreis der Buch Digitale.

tredition ist Mitglied im Börsenverein des Deutschen Buchhandels.

Dieses Werk elektronisch lesen

Dieses Werk ist Teil der Gutenberg-DE Edition DVD. Diese enthält das komplette Archiv des Projekt Gutenberg-DE. Die DVD ist im Internet erhältlich auf **http://gutenbergshop.abc.de**